ゆきはての
月日をわかつ
伝書臨

菊井崇史

書肆　子午線

ゆきはての月日をわかつ伝書臨

菊井崇史

書肆 子午線

ゆきはての月日をわかつ伝書臨

シラセタイカラ
コノミヲシルシ
イマフタタビノ
シヴンヲメグル

日めくりの。手が別れます、
（産衣を裁った）雛の式に。
水茎のたばねをさすり、

黒ずむまで、傷古りの。
尽くされた心血を籠めて、
（たとえわたしが傍にいなくとも）
あなたのしあわせを願い、
（心のゆきづまりを抉るように）
あなたの名をしたためた、
布地を雪どけの。
つめたい水にひたします、

「この日のために、わたしは。
あなたのすきだった、
化粧を施しました」

（あたしにはもう。似合わないかと、てれてしまい、）
年甲斐もなく、みそめの気宇の。
はきだめの。胸を黙らせ、

くゆらす水の宙で。字がとかれゆく、
（こわすでも、捹えるでもなく）

文言がにじみ出し、
墨の僅か渦に、
わたくしは。
字を葬送し、
人ならぬ。
律文を迎えいれる、

「薄く眉宇をひき、――、」

礼紙のような雪渚に黒滴が蝕して。わだち、(流されること涙雨を払い、)
(ゆび撫でのようです、) 紅をつたう (暮れゆく躯の野に、ふれてあげたくて、)

わたくしにもう。
あなたをおもうという、ちからがうしなわれるとき。
つめたさに。歯をくいしばり、けれどほほえむのです、(頬をそめ、)
(たとえあなたが傍にいなくとも、) わたくしどもの臨の手の。
にじみ出でる祈念に、黒ずむ水で吻をぬらし、

「口をゆすいで、」

それから、――。

ゆびおり、みかえしの。
歳月のいみなは、

「九十九、――、」
もう二度とはと、あなたと出逢う、
いきとしいけるこの。かぎりあるいのちから、
なにをしらしめられていたのか、（いるのですか、）
引導の川放つ水光り、いつまでも。わだちは夕に灼け、傷口の。滅法の赫き、

四つをひく。

「九十五、——、」

（授かりものの）飢に。乳離れ、

恵みない供えにさえ手をそめて。

喰い繋ぐ、（すくない、）わたくしどもは、

世結いの式に述す喉奥の、かがり糸をひきちぎり、

のこされた躯を聲で焚く、うたわれた信の歳月の。ひとまわり

（再び、）

四つをくわえろ。

「九十九、——、」

わたくしは、ばらされ、そして。めくられます、

（よどみ靡く、帯の）川の水もは（光輝に晒すフィルムように、）

ただならないしずけさの。おもてに、郷のけしきを反射していた、

（さけられない復活の、——、）水の尾の靡きから、

（落手が拉ぐ天雀《ヒバリ》骨に、）

日を受ける（ついの。羽、衣手のような、…、）洗濯ものと一緒に、（あの旅の日の、）
人のうつらない写真と、（水に手を添えて）人にささえられた写真とを風に、ゆるし。
わたくしたち、（ふたりは、すでに、…、）終わりはてていたのだと、（気の済むまで、）
さびしさに暮れゆくには、はやい（この手にふれた、現の黄泉の）あかるみにたえて、

嘯くみたく、再会を願い（深夜の宿でしたためた）便箋のふたつをつるして（靡き、）
（ふるえた手書きの、）文字をなぞるゆびのように（信じる、ということをしました、）

（薬石の啄みの、庭蔵に密か、）

薄く胸に（刃をたて、）再放送のしつらえた報道を流し、
キッチンで鶏を焼く、あなたの横背の。（傍にいることの遠さに、）
（書冊をとじるよう）光が黙しかけてゆく、（心中のむこう）しずかな日々に、
見ることが、（ひとおもいに、）埋もれます、――、聲のない。ほほえみです、

（くだけた身魂ばかり、搏撃の。囀り闇空をかすれ、はためく、）

「離れて暮らすことになれずにいたのに」

深い息を挿むよう、二、三行（その距離を、）おいて、

あなたからわたしへ
あなたへわたしから。
（転瞬の。季のほころびに、）
おくりあった手紙を九年越しに、
ひらきあい。こうやって、

「なつかしさは人を壊します」

古い手紙の文言をなぞるかのような、暮らしはつづき、

心づもりに。
ひとつの冬の。

湯気にぎやかく、七味をきかせた鍋の菊菜をほおばり。
ふたりをおもう、ふたりではない人の。まなざし、端的に。
そのほほえみのなかで、君の。冬は忘れられてゆくのでしょうか、――。

（写真のなかで、
別れを告げる）

（古さに、ざらつく、）うたの名の駅から。
封につつみ贈られた、術の。護りの、
この掌にあるかぎり、
「枯らすことのない、梢をにぎっています」

（隔轍雨、…、）

幾つの生涯を生きることで。降りつづく歳月をねじり閃き、
「あたしらには、決して」
（射すはずのなかった日のこと、）

おもい尽し、（うつされていた）理滅の。心が心にさえ晒され、

わたくしたちを見送るような、
（わたくしたちの）
ふれたすべて、
ささくれたゆびで観た。
「たったの紙、いちまいのけしきに、」
くずおれきざしゆくすべて、

（日付だけが薄く。
あせてゆき）

ヨミヲエマシタラ、

（再び封をしてあげて、…、）

「たましい以外をみんな滅していた」

わたしたちが、（ぼくらが、）見あげた空に（涸れた、）恵みを乞うようにして、

（四つの）腕を突き刺す、――、そして。

掻きけされながら。

到来した、

「君の身は、
焦げた福音に比した
いたましさを宿り生き」

（さいはてからそそぐ、鉄の川流のよどむ輝き）

「枯らすことのない、梢をにぎっています」

（はかなさが身空に、あやめまる蛹の。）

光デ撮レズ、光ヲ撮レズ、（揺らめくままの）光デ封ジ、

「あの日、駅で呟いた」必罰の。報いに黙すほど遠く、

(君のこと、どこにいますか)

(古くとざされた書冊の。欄外のような刻でした)

暮れ久しい空を仰いだまま、血みどろの光を受け。
「つぎの駅で出逢い直そう」と言った、
君を見たとき、(瞳が月になり、…、)

おとづれるすべての。(かけがえなさが、)ひとつの息に狂おしく。

「なにも無下にできなくなった」
(わたくし以外、)
なにをも。

護るもの、たがえてはいけませんから

口にできなかった喩の群れのなかで、

(死でも生でもなく。かなしみ、いたむことがすべての)

（骨のいろした）空いちめんをまとうように。

降りそそぐ雪を浴び、赫く染まった舌端で。

いまだ熟れぬ実を揺すり、

（おそれをおそれ、――、）
（おそれをおそれ、――、）

裾をつかんだまま離せずに。
「水たまりにうつるあなたを雨が。おとをたてて、うちつづけました」

いない、ということが、あからさまに、

ほそい聲が、ふたりでいます、――。

（髪さきが乳にまでのびて。あなたは、）

子のようなわたしを深くいだく、
かまえのままに。
「人を拒みました」

コノ。幼イ写真ニミヤブラレ、
誰ヲ赦シ、誰ニ赦サレレバイイノカ。

（この群落で。わたくしは、あまりにもよわく、すくなく、
僅かの実のはかなさを薄くそいでは、敷きつめました。見えなくなるまでに）

（だから、ね、…、）終りのむこうにいる、（壊れるしかなかった君に。よびかけたい）

（心の奥には、）響き渡る聲の道は、ありませんが（ですから、人世の野の繁みを喰み）

口にできなかった喩の群れのなかで、

（ほっつきまわったあげくの。赫い雨の香の石をひろう、）

ほどかれゆく。
いたみを被り、
ときは巡ってしまいます、——。

見境なく、（うつしとられてく、）

（あたしらが、
生きてる暮らし、）

「くらい、眩しさがあるのね」
(おとをたてて、かぎろいの花がさきくずおれた)

濁流に降りそぐ。
鉄路の裏地に埋もれるように。
わたくしたちは、黝《アオグロ》い駅のベンチにかがみ、
黙ることで、そなえられた宵のなか、
(シトノ臓ヲイデ、)

「再来、…、週に、決めたよ」
告の光に。はりさける刹那の、

かぎられたぼくらの。
かぎられたすべてを撮り終え、
引き出されたフィルムのような列車が、
再び。まきとられるように、わたくしどもを通過して、
(轢カレルヨウニボクラ、)
引き出されたフィルムが、再び。まきとられるように、
列車の。過ぎ去る明かりを浴び、見送っていた。鉄路の黙秘より、

（遙かとおくに、うなずく人がいました、…、）
「ひとりでもふたりでもなく、
　いつまでも」
（かなしみ、いたむことが、）かなしみ、いたむことのむごさの芯へ、
わたくしどもを導きます、

春には春のかなしみがあるとしり、

（再来週には）
毛布を仕舞って、
夏布団を干しておく。

（顔をうずめ。
　日のにおいをかぎ、）

あたしたちは、
このよろこびを。
たえうる身をそなえたのだろうか、
（そうでなかったとしても、いい）

「にぎりつぶすようにしか、ふれることはできなかった」
（現世とはなにもかんけいのない報い、
　来世とはなにもかんけいのないつみが、）
写真のへりの余白で。払われるのだから、
そこにひとこと、（あなたにどうしても、）報せを記し、
（射すはずのなかった日のこと、）
（おそれることをやめないように、――、）
（おそれることをやめないように、――、）
「枯らすことのない、梢をにぎっています」

ひぞった切手を赫い涙雨にぬらし、
口にできなかった喩の群れのなかで、
（ちゃんと、見つけてあげるのです、）
この掌にあるかぎり、

（写真のなかで、
別れを告げる）

（今日、地に再襲の夕日に晒され、）

手櫛で梳いた、――、

いつか喪われる人の。産毛に、

わたくしは、
幾篇めの。
めくられゆく、――、

ヨマレタエキヲツグモノトシテ、

迎え掌の、川坂に、（淀み水の落とし子、）口のなかに護り、（吐くをたえ、）籠ります、

（撫でてあげたい、）ふれる、その寸前に。いつまでも、とどまろうと、（ひたとゆびの）

暮れかすむ空に（露光した、）川を渡り、（江口の君堂をすぎ、）淡路をおりました、車輪から、

（すこしくにごった水の）宙にただよう花殻に似て（郷の地上に浮かぶ、）駅の名です、

（心ぼそく、きっと、だからです、）


わたしは、（わたしをわざと、）粧《ヨソオ》いました、

（人であることよりも、
ちいさな、——）

鬼の。
塚に、
（幼女の憤怒せし横顔が、）
おい繁る
草露を払い、

芽のように、
薄い土から。

わたくしのしるかぎり、
（光をさけて）
のびた幾十の
萌える手をさすり。

（それは、生涯の使命にたります、）
そういいきかされた、

（紙の刃で、…、）

刈りとられ。
刈りとり、

輝く髪の角書《ツノガ》きの、
あたし、ききわけのわるい子だから。
添水《ソウズ》の敷石を剝ぎ、

（ぬれなさい、）しずかに。ひんむいていた、
（きびしく、とおい人の、）口から吐き零れた雷鳴に、
（なさけなどなく、）慈雨をうけとめていた吻の飢餓から。

（糸水の、）ひとり。辿りなおして、
（この郷には、まだ、夕日が沈む
水路がのこっています、…、）

赫い淀みに、
わたくしは。
めくられゆく、――、
わたくしたちに。

（栞がわりに挿した写真が、）落ち、それをおいかけて、

（坂の途中、籬垣が風にゆすられ、）

覚えたばかり、立つことが、
やっとのわたくしの。
繋ぎたかった手に、
写真は、いたむ三十年をぬぐ、

（駅の名は、蒼く、覚えのない、海へとむかう列車の。どこまでも砂浜でした、――）

涎にまみれ、
どこまでが。

幼い、わたくしを見ていた、あなたのまなざしの。やさしみのなかで、

ゆびと掌がひとつであるような。
「まだ、前世にふれることが、できそうだね」
やわらかさが乞い、

「ひらかぬ瞼ににじむ」

夕日は、いにしえの巨人のように立っていました、――。

（人の世をこえたものに慈しまれていた）

（土産なんて、いりませんから、…、かえってきたげてください、）
かおを見せてあげて、（あたしのために、）夏の。烟のにおいがします、

わたくしは。
めくられ、
その掌で、
再度、

（ぬれなさい、）ふれたいのです。この手をちぎり、

ふれる、
ことに、
ふれる。
ための、

（この郷に、地下鉄路がとおったとききました、
雷鳴が、はしります、
そこに夕日は。

届くでしょうか、——）

水の底に拵えられてゆく、（ちいさくよわい子の、）蟲の巣に、――、

重陽の。菊と九つ、
人であるための傷が、
わたくしを吐き。

「この烟は薬ですから、」

（いつでもひとりで。また、必ず。おとづれます、――、）

禁忌をこえて、（そんなものは、ほほえみながら、けちらして）渡り、また渡り、
（それでいいのね、と）もろい石塊を川に落としながら、
（あなたのゆくさき、おもいます）

「今もときどきは、」

うたかたの。（名を囀り、）焦土と化した地の。（水にひたして、）

あなたをめくる。
あなたの手は哭き、
とめどなく浴びせかける。

夕日は、いにしえの巨人のように立っていました、――。

ここにいますと、わたくしを報らせるため、

身が身を踏み拉くように、
岨道を巡り、
まだ見ぬ、この子の名をわたくしの。
遺言として、

（やりなおしたい）
わかりません、
どれほど。
遠くにあなたが、
あるときかされようとも。

（惜別の。響きを絶つように、）
郷土の焼貝を啜り、

（あれきり。帰ってこなかったくせに、）

戒めの冬には、未練がましく。定めなき命を孕み、
「誰のものでもなく
　この岬の子です」
（濤を授かる白い囁き、）
くずれゆるむ腹の帯をさするのです、

（いまさら、――、）

うしろめたさが、
つきまとう、
(郷里の屋の路地垣で)
わたくしの瞳はすでに。
この子のものです、――、

(よく見ておきなさい)

「なにごとを。
祈り、呪うべきか」

渦まく心血をそそぎきり、
わたくしは。

薄く身を紙に。(どうしようもなく)舞い降る光受け、
そして、(それからね、)

たましいとなり、
見護るあたしの。
おだやかな顔に、
敷布を被せ。
(人膚のかげりに)
この郷の生涯を秘めてほしい、

（いまさら、――、）
四日間、雪が降りました、

きっと、
風花が。
（ことづてですから）

洞にとざされた暗いあたしの生涯の。
（それを悲しいといわないで、）

コレカラ、
ヒドクタクサン、
アタシハ、
死ナナケレバナラナイ、

この切なさをあんたらには語らせない、
あたしにはできます。
（死後の心にふれて、）

どこまでも、
ではなくて。
いつまでも、
ひろがる海に落ちる雪は不憫です。

（観世縒りに、…、）

シメラレタ、
（サンドウ、ヲ）

ともに寄り添って、
悲しんであげれません、

コレカラ、
ヒドクタクサン、
アナタハ、
死ナナケレバナラナイ、

旅立ちの報せに、なぐり書きのような疾雨を受けました、

（草尽しに、やぶれて、）

「あなたは輪をそれて、
生まれた悔いと慈しみをいだき。
夏の日が巡る島に流れつく」

（布石を噛みしめ、）

（唱えるよりも、おもうということで。報いるための）
心経のごとく、済度の祈念に書き尽くされた紐々の。
結びめで、わたくしは。喪われたいたみを孕み、

ひどく蒼い。（あの人の。聲のような、）月光にあわく。薄くずれた闇を駆け、
いちめんの野に毛羽立つ、向日葵の群れを（しずかさにのまれるように、）臨み、

（あの人はすでに、…、狂っていた）

喪いかけた心の。
（黙す、）谺に導かれ、
人道のそとで。
恋をして、

あなたは。
あなたを
ねじ切る、

（ひだりまきに、…、石のはざまから、）文字摺りの花にあてられた、ゆびが。
舌のように、うたを刎ね、（はく、息の。拍です、）また、うたを刎ねて、

月雪の赫《カガヤ》きにのせ。別れ路の、
離れるでもなく、傍に。ゆすれるでもない、
川舟に巣喰う蟲のいきの。ゆめき、――、

（よく見ておきなさい）

おだやかな顔に、
「海のような血が噴きます」

まだ見ぬ、この子の名をわたくしの。
遺言として、

ともに寄り添って。
悲しんではくれない、

焚火の（たよりの火が離れるように、）きえて、迫る闇の角に、
あなたのおもかげがたちあがり、（水の咆哮です、）川の響きにゆびがひえてゆく、

耳をふさぎ。
嗄れた息が喚ぶ、
あなたの聲がきこえ。

（やりなおしたい）

（わたしはそれを生まれるまえの心だとおもうようになりました）

（塚が四方に。はちまれ、）

「燐光、」

冬のおとづれと一緒に、
あなたが。かえってくるようで。

わたしは（雪渚を渡りゆく、）列車からそれをみていた、

「もうこれ以上、二度と」

（地上に、今年も雪が降ってます、——、）

多尾の、——。赫き呻吟《サマヨ》いの、

わたくしどもは（わたくしどもを、）

喰らい尽す口で、

人の由の生地の衣の。

縫い糸を引きぬいた

いちめんの。雪原に、
わたくしは。孤島のように、

（柿ひとつが、しだれる郷の、）

無闇に。ほぐされた、
巣の枝を喰いぬく
月のような嘴は、
牲口の白い。まばたきの終日の。

あまつさえ、
（虹にまかれた巨岩の軋み、——、）

秋の暮、古い暁をめくり。
（夜に晒された、つめたく、…、）
竹箒に朽葉をはく僧の。しだれこぼれし梢の尖り、
由しれない。泪に膝を折り。

「あなたのこと、どこにいますか」

(白宵のように、)うつしい紙をつくる里でした、

(おびただしい慈悲に)


夕闇を渡り、巡礼に朧づく。

あなたの瞳には、

わたくしどもの。

生かされる地が、

(幾世を渡り襲なり)

臥した身にうつるならば。

「西の林は掌ほどのささやかさ、」

ゆびをたてたような、
樹にひそむ、(土の僅かな波が、)

久かたぶりの。日射しにさそわれ、

(糸にすがる)蟲気が蠢いています、

（いつか）かみにしるされた、（ありたい、あってほしいという）
あまりにも（つよく、薄い、）ことづての、
祈りは、（棘《オドロ》とともに、）授かるもので。わたくしどものものでなく、
だから、奪われることはありません、——、

「尽きなさい、その白い身空の涯で」

人しれず。
初雪の。
「なにごとを。
祈り、呪うべきか」
（ひとつの出来事には、必ず。
ふたりの以上のたましいが蠢くのだ）
人しれず。
墨のような血を浴びた、

（あなたはあなたのままに、）
かえり来たるのだから、うまれかわるひつようはない、

（赦しよりも邪な、）やさしさのかなしみを喰み、
（施しよりも無垢に、）あなたを護るものが、

尾に呼水を撃ち、
（口縄の群れを。いためり、）

ふたりを切り、
四つに、再び。
「君のあたしを」
ほうむった刃を口に喰み舞い、

「髪を切りなさい」
生き晒す、
護魂のための。

あなたのきおくはやせほそり、
磨がれゆく密度の軋みのなか、

生の前夜に。
ふれかかり、

「はばむものがいます」

名は、巡れ。とどまらず、
言祝がれた鎮圧をとき放ち、

わたくしどもの。
生かされる地が、
導かれた背信に臥せる、
この身空の悶えに僅か、
日没を受けとめ。
林はうなりました、

ささげた気宇をささげ、
四つを結わえた
供する柱々の輪の。
綻びに荒ぶ颪を受け、

「この郷は終わります、」

（残り湯に薬草の石鹸をとき、冬着をひたす、）

あたしは、誰のために。

「雪の日を越えて、つぎの春には」

旅立つのです、——。

「御出《オイ》で、御出でぇ、」

（わかたれた。
あなたをおもい、
あたしの。
いごくゆび）

人の道に咲く、
茎の折れた。
蓮華草を頬に撫で、
わたくしはあなたに棄てられます、
確信の闇が疼き。
「わたくしはあなたを棄て」
わかたれたひとりを生きる歳月です、——。

（輝く人膚の玉のような。月が迫りし日、）

乞われる手に、恵みを施すように。
あの人はあの人をなげた、――、

（あでやかに蒼い、）三輪をのこし、
枯草いちめんの。そよぐ岸に、

慈しみも、かなしみも、この身もろとも、（いないあなたの、）瞳を道連れに。
わたくしはどこまで。ゆくへをおいかけることが叶うでしょうか、
（たよりなく、）

水に水の橋を渡すように、
弓はりの。舟をすすめ、
死の閾がゆるやかに、
櫓拍子の波紋を被ります。

（聲を水岸に供えにゆく、つたなく、）

堤に灼け焦げた。廃材木をはこぶ人の背の、

しいられた胸騒ぎ。往来を見つめていた、

（引き受け、還す、）岸岨のつらなる海手に、（亡き）舟唄が、夕光に、ゆめき、――、

（そう、…、）わたくしは、夕日が迫る崖を見ることの、宿木のように、（たよりにして、）
（あなたの、）おもかげのすがたを（波のしずかなうねりから、）拵えたのです、
（誰のすがたにも、似せずに、）ただ、あなたをおいかける（四つ這いの手で、）

引きあげられた碇に。海の臓腑の香が、したたり、

「輝いてばかりでは。いけないのよ、
　蒼が枯れてゆく空を見てあげてください」

（ほんとうは、ね）なにも叶わなくとも、責めません、
（きっと、）明日は、雪がちらつきます、――、
（あの日よりもつめたく、）

カエッテキタモノガ、ノコサレタモノガ、

告げる慈しみをわたくしは。もう、

信じることができないと言ったあなたの。

瞳の薄い光のなかで、ひとりの人がたくさん死んだのです、

「あなたをまき添えにしたくはないのに、」

暦はずれの鳥が羽搏くように。舟は夕日に（さらに、）しずまります、

「水、ただそれだけが。救いでした、」

雛鳥の仏のすがた、空を掻いて、——、

（雨あがりの古さにかすむ、）

「虹《ネジ》だ、虹だよ」
（若く、）母を亡くした子が、
おぶるあたしの背で。羽搏くように、
全身の、空をゆびさし、あたしの耳をひっぱった。
（子の息には、姉さん。あなたの香がしました、
あきらめたように、わたしを叱るときの、——、）
「もう、会えなくなったんだよ」
そのとき。わたしは、子にすらりと言えた、（すずやかを粧う、）
（なのに、わたしは）夕暮にかすむ光の輪に去る日の。あなたの無事を祈っていました、
「いのちはいのちのむこうからかえってくるのです」

晴れた日をどのように。憎めというのか、

「このおそれは、吉兇ではははかりがたい」

夏をむかえるたびに、（古くなってゆく、）あなたの手紙を日にすかし、
破滅を見つめる瞳が責められます、——。

「いけないことです」

巡る季の輪を切り結び、

「ここは、いつなのか、」


白く、（水が、）灼けたように、（水の流れない、）河原の。かわいた石塊の群れに、

（わたくしのかなしみはすべてをこえていた、）


骨のような膚が。鳴り、（由をもとめず、）

あなたへのおもいを仕舞う封の。

「ひらいて」

由々しき兆しの道の尾に、——。

「もう。密めてはおけない」

あたしたち、瞳のまえにとめどなく、
くりひろげられる災い（ただ見つめていました、…、）

瞼をとじ、
はにかんだ。
君は、

「ことのしだいから、吐き気に襲われたのは、
三ヶ月が経ってからでした」

（寝しずまり、背の息が。よわく、けれど熱風のように、首にふれ）
（水が焦げはてたような、極まる無言の拡がりを）
「喪とよぶことなどできなかった」
わたくしの瞳は、その拡さに（その、かぎりのなさが、）たえきれず、――、
（あなたという、）ひとりの人を見つけた（わたくしの）瞳の傷に筆を落とし、
（ずいぶんと、はてないときを巡り、）
線香がくずれ、辻に供えられた花は、（みずからに）灼けました
破滅を見つめる瞳が責められます、――。

のこされた地名におおわれた、
漆黒のしるしに、（読まれて、）
いかなる予覚さえ、
赦されることなく。

（烟たち）あたしは。吠えた、
うたをねじ伏せ
遠い空のわだちは、（ほそい心のゆびの傍に、）合流します、
（この烟は、薬ですから、…、）
「冬の蛹だ、…、」

ささくれたゆびで。梢を揺すり、
（あの人は、そんなものばかりをすきだった、
　夏には空蝉を地図のうえにならべ）
「あたしのようには、ならないでください、――」
なぜ今頃、棄てたはずの、棄てられたはずの。
おもいでに襲われるのか、

白い豪雨が、
擦り傷のように
光景をおおう、
（水が焦げたような、極まる無言の拡がりに）
「渚の朽ちる音は、焔にはぜる樹の梢の鳴りに似ています」
（この子の無垢をいたむために、せめてもの）
（わたしを母となぞらえる聲を忌み。焦げた蒼古の）

（あたしは、死にゆるされたかったです、）

昨日、（この子のためにと、）おさがりの兵児帯《ヘコオビ》をいただきました、

（いつになれば、）
わたくしどもの
仰ぐ空が、
狂う地上の悲しみに。
比するまで、
燃え盛るというのか、
（そのときをまつことはなく、…、）

見あげ尽きた、
首の切れめの。
禍々しき。
（玉虫色の、）
輝き、

（かわりはてた手、）

あの日から。わたしには、

まいにち二度、夕日が見えるのです、——、

この地上の臍の緒の。栓が引きぬかれ、(手立てなく、)
水のわだちは渦をまき。落ちてゆきました、(底のむこうへ――、)
「虹《ネジ》だ、虹だよ」

おもいだせないおもひでが。襲覚めるように、

もう二度とは、あなたと出逢う、

闇ノナカニマデ、光ノ輪ハ空ヲカケマス
闇ノナカニマデ、瞳ハ光ニ責メラレマス

この浜の名は、解夏の季に咲いたという花の名の。そして、
その花の名は、鬼星とされた輝きの名の。ゆくすえに、

「いけないことです」

破滅を見つめる瞳が責められます、――。

(のぞむところです)

「巫山戯《フザケ》てみせて」

（拉げ窪み、）わたくしの口は、（契に僅か、）
（人いきれ薫り、）風穴として。
うたいくずれ、――、

いまだ雪の飛来が雪原を擦過しゆくかげ踏み

（産まれた日に、）
この群落はその由緒のため。
滅びをえらんだときました、

誰と逢うため。
その衣被は、古流の、
（おとなびて、見えた）

（臓の辻、…、）瑞《ミッ》にぬれた手が宙にたわむれて、そして、

「あたしは。まっていた、誰かに、」

霧雨かかる、まつ毛に。朧の君の、――、

（あだ花のうく、）湯をすすり、（見ることをやめてしまうように）見つめた、

（禍のかげりを繍、）

「あなたは、無理に。あなたを壊され、」
別の人のたましいを結わえられたの。

産まれた日に、です、――。

（腹のなかの息に応じ、）

沢から水を汲み、おもいでの血痕をすすぐ、（もう、八年はそうして過ごしました、）

このままでは。白首の。身導く鑓水は死に枯れゆく、

「やくたたずの祈りでした、
あたしは、はずかしく
はじいり、せめてもの。
鎮めの水に身をなげ」

（死にぞこなう、）ふきかえす息の端に。ゆびを結わえられた紐がからまり、

わたくしは、
わたくしを言い古す。
（宿命とは、おそろしいのです、）

わたくしは、（あなたの郷のしきたりをおかりして）
（若い、）落花を胸もとにひそめ、（うまれの）かなしみを菓子に添えました、
（ごめんなさいと、言わないでください）冬の終わりの凪に、髪を供え、
（死ぬはずだったのに生きて。生きるはずだったのに喪い）

浴布を庭の梢にかけた。

春の土を踏み、
（あなたとともに、
　わたくしを）
踏めば。滅法に、
潤みゆく、
髪を梳いて、（ほら、）わたしのゆびは人をそれる、わだちをもとめていたのです
（そうしてさえいれば、かなしみをかくしていられた、）

地歌は。
岩にいだかれ、
左腕の捥げた。
木仏から出でし。

蒼暮れの空をいびり、
仏具であやめられた人の。
拝みつきるような、すり足の。
(往生のあるまじき、——、)

みちゆきは。
歌語の域を拡げ、
人の心を喪う。
わたくしは、
なかば洞の心に。川のおもかげを再来の、
(いつか、ひき拉がれた)
四つをくわえ。

身は、
九十九の地に。
踏み拉かれてゆく、

しのぶ風に。空の身空、
（人をぬがされ）
衣だけが靡く、――、

袖と袖とがまきからみ。
（いあだきあう）
衣だけが靡く、――、

めくる、（ただひたすらに、）めくり、

ばらされた地上にのこされた、

「縫い糸を引きぬいた」

（来島した、——）
戒めに導かれ、
（蕪《ア》れた、…、）
海に似た空を渡り。

十一月、見覚えがない、
（暦の綻びから、）蝉時雨、
閾なき渡来に嗄れゆき。

「月は眩しいか、…、」

終夜をかけて、
そして。
（あなたがしてくれたように、）
かじかむ掌を息であたためた
（水に水をとき蔵《カク》し。浦の、）

古舟が一艘、結わえられた岸に、
（淋しく、）揺れる、

（トキノ渚、泥ミユク歳月、——）

赫い、
（日盛り、）
海原に。
林立する漆黒の杭が、
波を受けつづけ、瘦せほそり。
（叛旗のよう、…、）
血を染めた繃帯が靡き、

「おとづれをしる、…、」

渚に、
曳いた、
流木、――。

（魂しかないというつくしさ、）
（魂がないというつくしさと、）

常軌に
（そよぐ、　水の奥底から、）
かぶくばかりの
水もに。

（トキノ渚、泥ミユク歳月、——）

赫い、
宵空へむけて。
晒され。
恩寵を待ち、立ち尽くすしかない、
（骨よりもほそく、）やつれゆく
人々が、突き刺さる渚に。

「倒れることさえ、できず」

（幾世の、…、）
汐、満ち。
汐、満ち。

草いきれ、磯のかほり、
ぬかるみ乱れた轍、漣をからめ、

（人間のいない地に、聖地は、ありうるだろうか、）
（人間の生きる地に、聖地は、ありうるだろうか、）

褪せた舷にゆらめく、
水紋の光、
（マダラだ、…、）
淋しいか。波に啼く、
舟、繋ぎの軋り。

（トキノ渚、泥ミユク歳月、――）

赫い、
世は（ずれながら）
襲なり。
世は（ずれながら）
「再来した」
赫い、
（双子だ）

（遠い君と掌、繋ぐ、
　わかたれるための。）

「渚、踏みしめたげて、しっかり」
（遙か、沖がいざない、——）
引き寄せられ、

（喉奥に波、）
引きだされた聲にさらわれ、

わたしから
わたしを
放つ。

（海原の涯てに喚ばれ、
わたしから
わたしを
連れてゆく、——、）

砂浜を駆けだし、

即刻、
立ち竦み。

（ひざまずきかけて、）

灼け石のような瞳が、
黙契を歎きの聲へ。

あえぎに、靠れ、
（あなたから、…、）
連禱は、（クチヅタイ）呪詛に憑く。

（底なしか、…、）

旋風、
僅かに。
ふりかえる、
髪をまきこみ。
（古い風だ、）

（ヒト、クイ）
林立を響きかう、…、

臨終、
（再生）

引きとった息を
引き受ける息を
宿すため、

おれは再度、息を覚た。
幾多の吻を往来し、
揺りつぶされる
魂を観た。
吐く。

（いない君の、）
首をしめ、
兇暴な鎮化に、
前夜が、
吐く。

(とざされたあなたの花瞼《カケン》から)
おまえは、おまえの生まれかわりだ。
(来年で、十九歳になるはずでした、)
めまぐるしく。

慄えつづけろよ、
終のさざめきを浴びて、
断念の先だけに待つ
無聲の熱狂を
生きるための。
吐く。

(わたくしは、
口だ。)

すでに。
手遅れだとわかっていた、
（それがなんだというのか、）
（あなたがしてくれたように、）
今はかぎりの
やさしみ。

（赫い海原、）
（赫い宵空、）
つらぬき、繋ぐ
（双子の）、（ハシ、ラ、カ、——、）

「みっけた」

やわらかな。
新芽をついばまれた枝のように、
（あの日、若いかなしみから）

わたくしたちをひきはがすため。
（浅はかな、――）
老いることもなく。
（本心ではなかった、）

東ニ見エル、
アノ崖岸デ、
（人ヲシリゾケ、）
命、落、トシマシタ
落雷、タクサン、
命、フリマシタ、

（突き刺さるために）
それを見あげた。

（わたくしたちの、くし刺し、）

「もう一度、だけ、」

ア、ノ
空の赫さを
言うために、
血が
喚ばれていた。
(君は、こたえない)

コ、ノ
海の赫さを
言うために、
血は、
流れる必要はない。
(君は、こたえるな)

「もう二度と、…、決して、」

（覚えを辿り、）人の名をよぶ、（喉奥のように、かぼそい、棘路《キョクロ》の、）
水あかりにしたがい、（夏に茎頂がわかれゆく、その根の土の音の、）
往古への道々が、（うまれに、ささげられた、鬼百合の。花の種の、）

わだちとかさなり、（わたしは、はこばれたにすぎませんが、）

そのひとふさのように、腕を靡かせていた、

傷古り、（散らしながら、）漂いいたり、（もはや、――、）
（ここにいない君の、）慈しみをもとめ。
突きだし、渇いた、（岬みたいな）舌で。
うたになりたい、（そう言った、）
（いない君の、）君の名の島は、この世に。
あるだろうか、――、
（おしえてやりたい、…、）

「あなたの名の島は、」

（この世で初めて流れた
泪のように、
狂おしく）、

イナイ、コノ、アカラサマカラ、

ソレハ、再来シテイル。

（ヒトト、ソウデ、ナイ、モノ）見わけがたく、――、

（遠マキニ、）

（イノチト、ソウデ、ナイ、モノ）見わけがたく、――、

波にぬれた人さしゆびとおやゆびを繋ぐ、
ゆびの輪から。見た、——、

海原の
汐焼け、

（迫れよ、）
大彼岸、——、

海上の
焦土、

（終りへむけて、）
鮮烈な、
朧だ。
太陽が西の、
（終わってゆく、）
地平に迫り、――、

おとづれながらうせてゆく、
死者をまじえた往来に。
（あなたが導かれ）

「はぐれたのです」

ソソガレズ。
アラワレズ。
アガナエズ。

ただ、流れやまず、
赫い、
（終りへむけて、）

うたを慎むとき、

わたしは、喉奥に腕を突っこみ
「死にかけてゆく」
（内臓をくぐり）
幾世の、
吐く。

散らす、

寄せ、

うち敷き、

落ちた花が、（還る、）かぞえては、ならぬとき、——、

渚を拡げ。
（哭き、）
水、連れて。

（黄泉より、ひらきがたい、境域です、）

此世の全域を渚にしてやりたい、
此世の全域を渚にしてやりたい、

（黄泉より、さわりがたい、境域です、）

「髪、きりました」
もういいのです。

誰にも気づかれぬよう、——、

(泥をまとう)

花殻を
(波にのせて、…、)
おくります。

生のあゆみの涯に。
死がはだかることはない、
（つつむ衣をすかし輝く、）
胸の掌の骨筆が、
あらゆる因果を尽く皆無する輪廻の、――。

（トキノ渚、泥ミユク歳月、――）

薄赫く柱々おびただしく、
日脚に踏まれた海を臨み、
いない君の。瞳にだけうつる、
「地上と地上の結びめに」

碇泊、
舟尾へ、
かた足をかけて。
「渡し板をはずし」

（人である理を）

離岸した。

喪いしものとの、
滅法のへだたりを、この。
衣手に託し。躯をつつみ、――、

紐を胸に。たたみます、

かすか、

生きたものを生きたままに、
喰われし。ひびき、
かすか、——。

（かわりはてた世の、）鉄路（フィルムのような）列車がすぎ、
（ふたり、）踏切を越えました、…、
（宵の草がそよいで、ひたと。しずまり、）

（冬の旧道）
レンタルの映画と夜食の総菜を籠に、
君のシャツの裾をにぎり。自転車をおしてゆく、
ふたりの。帰路に巡り、――、
白い息が蒼い街灯に、そまり、（そまりすぎて、）
「いつか、わたしらは。願ったのかもしれない」
いつものように、（いつもみたいに、）
（書きかけのまま、けれど、すてれずにいた手紙に記された、）
君とこうして、ほほえむ日常が。
つづいてゆくと。信じたいけれど、――、
「おとづれは、突如、理をこえます」

雨が雪にかわり、——。

（月あかりに。薄かすみ、はりつめた葉身の、）

（往生の水がひけば、）

（この世空に。秘されたものはなくなり、）

わたしは、わざと買いわすれた（君のすきだった）、季節の葉のもののひたしをおどけて詫び、籠にかかる雨、ゆびさきで拭う、（君の襟首、）ぬらし、（いけず、…、）よびかけるのか、にらんだ聲が、（薄く光る吻に、）とざされていた、

（気がついていたんです、）

「君みたいな光だけはいつも。傍にいた」

（輪絶ちは、）心身しれず再来し、（亡魂のように、）

「つぎにいなくなるのは、君じゃなくて、ぼくのほうだから、」

（あたしらが、
生きてる暮らし、）

ケイタイゴシノ、ザラツイタ、コエガ、フルエテタ、

ひろいあつめることが、
叶わぬまでに。
飛散した、
祈念が。

（芽をふきかけ）

「もっかい」
踏みつぶされるから、――、
「許容をこえた」
光景ばかり。

（大切なものは、全て）
踏みつぶされるから、――、

「二度と逢えない、」

（あたしらが、
　生きてる暮らし、）

写真、おくります。

（履歴ノ、抹消サレタ、伝心デス）

キミニ、アエマスカ、

（君に宛て、…、）空欄の件名のまま、（最終の謝罪をうちかけて、）引き攣るゆび、
（それは。ほんとうじゃない、だから、…、）

記念切手のように。写真だけを添えた、——、

伝えたい（おもいでは）どれほどの。届かないから（傷だらけのままの）光景です、
封は、ありませんが、（この歳月です、）

アラユルキネンニ、
ケイタイゴシノ、フルエデス

罅割れたスマホで連写した（うつりこむ光景）すべて、（閃光のはかなさの）すべて、
（掌のなかで、）裂傷してゆきます、

（どこいきゃいいんだよ、）
「おしえてやんないから、…、」

（ためらいの、）吻から、（ざらついたぬくもりが、）救済のように聲にもれて、
（そんな気がして、とおく、）あなたへの。（報せとなるように、）みひらくのです、

「バグってる」

（この身もろとも、けしきを切り裂くための、――、）

写真、おくります。

サイゲン、ナク
サイゲンシナイ

（護るべきものがあるならば、生きるべき明日が奪われようが、）

「光を喰ってもかまわないから」

傍にいたげたいです、（うごけなくなっても）、わたくしの瞳をささげます、
（だから、）わたしのまなざしは、手になろうと、（袖口のように）瞼をおしひらき、

（血を噴くように、掌のばした、）

伝エルベキ文言ガアリ、ユルサレナイイシガアリ

（あたしらが、
生きてる暮らし、）

写真、おくります。

秋さびし太世の巡り。梢ぬい、
さざだまり日を授かり、樹にささぐ。
岩の皺にはいまだ。宙の谷の音が籠る、

地に去らぬ響き、
邪か聖か。
しる由をくり、

巨落石群の、
まろびより。
「左手だけが、夕日のように輝く」
なにをほどこし、ふる舞うためか、と。

邪か聖か。
しる由をくり、

いたましい無律の。顔に幼いままま、
あなたの頬をさすり、——。
「わたしはあなたに、
あなたはわたしに。
また、逢結えるときがおとづれます」

（いのちでなくなろうとも、）


皿をあらう水滴を払い、すずしげにふりかえり、

（おそれをほほえみます、）それから、

「うたってはならない、うたがあります、」

黙すことの（しいられた、うれしさに、）

人ヲ救ワヌ、オンチョウ、ヲ、シルノデス

あまずっぱく、九年母の。

水を渡りいたる実が、君の口に、

「いたいけに。はじけました、」


すでに。

（拡がる夕日をかなしまないように）

焦土ト化シタ古歌ヲ唄ウ

（その一節が、）水にはこばれて、港にとどく（ことづてです、）

聳てた。
岩かげに靠れ、
渡りゆく舟をながめて、

無言に喘ぐ。

あの日の。居処と日付を記しそびれた手紙は、

ここがどこだろうとも、――、

海鳴と潮騒が、
「わたしとあなたのよう」
(わかたれた音域、)

遠まきに、

(調を結いませんか)

いちめんにさざめく黍《キビ》を刈り。
（そよぐ日がそそぐ、）
幾千の切先が、
枯れゆくための季を巡り、

（老いを噛みしめた畑で、）

ほそい舟がとおく沖をすぎゆくように。
暮れる空裏を流れてゆく、

壊レハ、空カラ、音トトモニ、

「あたし、みみふさぐ、」
今はきこえない、（あなたの、）やさしすぎた聲と、
忘れてはならない、わたしたちをあやめる音と、

（耳は、老いてくれません、今でも。玄関の戸外にものおとがたてば、）
おそれとよろこびの、（刹那に巡る息が、）ゆびをかためて、

聳てつづけた。

（九十九の渚、）
かけたままに、

渚を離れゆく、

霧雨におおわれた宵の口に喰まれ、

（あたしたちは、見送られた、）
靡く、榊《サカキ》を結わえられて
舟出、――。

沖と岸のはざま、没と産の水めくり。

闇にしみいるための装束をぬらし、…、
（お揃いの、…、）海上で、（うたを一節だけ、口にして）
一夜を経ることに、たゆたう寝床の。

（人膚のぬくもりというものは、
　おそろしいのだ、）

雨は。ふたりを護ってくれる、
誓われた、わたくしたちは。

渚を離れゆく、

（ふたりに課せられた、
　連理のあかし、）
「そんなもののために、」
あなたと見た。

流木のような鬼火、
そこに群れる姉のひとりから、
恋のおぞましさをしり、

（はじめて、あなたと）かわした聲をわすれかけていたのに、

ほんとうは、（誰だってよかったのだ、）誰だってよくはないのだから、
（あたしは、もう二度と）おもうということをなくしてしまいたくて、

（けれど、）

雨夜の端を焦がす。
松明のあかりのなかで、

（あたし、たよりないけれど、
傍に。あなたがいたこと、）

波にかげる聲の脇に、
「神の痣」と呟いた、
そうきこえて、――、
不意に。こころがしずかに、

闇の水もを見つめ、

（囃たつ真赫な浜に、

　残された人のにぎわいは。
　これほどに遠く、）

渚を離れゆく、

（海と岸は、　いれかわるのね、）

「こんなにもたやすく、　…、」

あたしたちは、
かわってゆく、
どうしようもなく。
かわってしまうのだと、

（引きかえせない、）

舟縁から身をのりだし。
海の水、掬ったあなた、
（わたしにくれた、――、）
「たくさんくれたね、」

掌のしぐさ。覚えています、

うれしいときは、
おやゆびの爪をかくすように、
まるまってゆく、

あのときも。

「お家へ帰りましょう」

雨は、ふたりを護ってくれる
雨は、あなたを護ってあげてほしい

（晴れた日は、
おそろしいのだ、）

「ほんとうに、そのとおりになってしまった」

あれから、——、
歳月は、
海上の揺らめきのように、
時が流れるということは、
「はんぶんは、嘘よ、」

そして、わたくしは。ひとりを幾人にわかち、…、
(黒づいてゆく、漣のむこう)、魚の輝き、
人になりすまし、反《タン》ものをたたみます、

臓腑のすべて、
吐き出されるようにゆっくりと
(法外の、——、)

にげばのない、
幼虫が喰われるように一瞬に、
(法外の、——、)

(そうあってほしい)

「また、ひとりになるための繁み。ほしくなって、」

波が届かない、
岸に。打ち棄てられ、
(歳月に撓む)
乾涸び、褪せた
砂埃をまとい、
一艘の舟の。

わたしは、帆のように立ちあがります、——。

(風にあおられ、)

（舳《ヘサキ》のように、）爪を水にひたし、（どのように、）道をつくりましょうか、――、

月あかりばかりを観てるとね、（海や浜、郷の、）
地上の宵闇がくらく（ふかく、）なります、

（あなたと共に見た光景はすべて、
　わすれがたみ）

海原を見つめる
たびに、
今も。
あなたが、
背を撫でてくれる、
気がしてた。

たたまれた翼を拡げ、老いた鳶の日輪喰い。

「かえして、…、」
（花ならば、にくまれぬというのか、）

（いない、…、）あたしの瞳の（奥からにじむ）、すこやかな（あなたの寝すがた、…、）

近づきたくて、岸辺の。舟の端に座し。かたぶいた、

（もう、海に出ることのない子なのだね、）

あたしと（一緒の、）日を浴びて、

（あなたの髪を梳き撫でた、）薄いぬくもりにふれます、
手のいたみ（ゆびのひとつひとつに覚えた、）はかなさ、（もっと、もっと）、
よわくなりたいのです、（はかなさをかさねてゆきたい）、窮地までに、――、

わたしが護るもの、
護らなければ生きてゆけないもの、

「そのためになら、」

冬から遠ざかり、――、

臟の道をたどり、

躑躅をくわえ、

ぬれた落葉を頬にはり。

（あの夜の、つぎの夕、）
あなたは、あたしにあやまった、
ごめんねと、あやまることなんてないのに、
あたしは、うつむいて、（そうしないと一瞬で、狂ってしまいそうだったから、）
吻を噛み、（けれど、あなたのいたみには、）とどかない、

はずかしさをかくすように、海藻の揚げものを頬ばり、（瞼の端には、）

「火が、海手に。喰われていた」

（気づかれぬように、ねこそぎに）うばい、（ひとしれず、僅かに）あたえるものが、
おとづれるのだと（その兆だと、おもって、…、）わたしはよみちがえていた、

今、あやまりたいのは、
あたしです、――、

（母と父は、わらってはくれません、）

しかたのないことです、――、

おもいだそうとして、
いたたまれず、
（あの日から、）

月を見るわたしは、

瞳を月光にささげ、
喰われてゆく、…、
わたしがわたしであることを、

さしだす。
茫然と、

ふたりならび座った浜に、

今も。（一身がふたつ）汐風の。海には、

千切れた襤褸の衣のような光が、

靡き。
朧月、――。

（いつか、）
晩夏に。盆をさけて帰郷してきた姉さんが、
生まれて幾ヶ月の息子を背に寝かしつけ、
（子守唄を歌ったのは、あたし、…、）

「子を授かったとしったとき、
あんたと家出した空家にあつめた蟬の抜殻、おもいだした」

そう言った姉さんはきっと、

この月を臨んだのだとおもう、——。

吉兇でははかれない、
おおきな。

朧月、——、

大彼岸、

ひとり、
浜を蹴ってみた、

（そして、おまえは、姉さんに見られたのね、）

どれほどの花が散れば。枯らしても枯らしても、
あたし、さがす。

（あなたをおもう
心の底の繋みに、
萌えるのです、…、）

はずかしいかな、

（灰にしてあげたかったと）

あなたへのおもいを仕舞う、
紙のはこ、

骨のような膚が鳴り、
「肌身離さずに、」
霧雨にぬれた珠数の音が。
かわいてゆく響き、

（もう、あたしから離れずに、そして、わたしを離さないでいて、）

（出せずにいた、
幾千の葉書は、
護符とともに、）

胸の奥の地獄に
燃えました、

（灰にしてあげたかったと）

寝息ひとつが（おそろしい、）あの人のにおいが。香った気がして、――、
とり乱した心が、（われた皿で、ゆびを切り、）そのいたみのなかで凪いだ。

あなたは、
やさしいひとではなくて。
やさしくあろうとしたひとだ、

（もてなしの酒を啜る吻の、淋しい瞳、…、）
頬を赫らめて、（かわいらしい、）首を掻く手をとめました、

この島では、冬ではなく。夏が、
いのちを連れさるのだと、姉さんは。

川の水にぬれた手を首にあて、星でも見仰ぐみたいに、
なにもない蒼穹をながめてた、――、

（ほんとうに。なにもなかったのだろうか、…、）

（浜の水から離れ、）いまは、ひとの手のはいらない、丘の繁みに（おきざりの）
舟に、（月の血痕の、）赫いうたが口をつき、（あたしを誰の聲に渡せば、）
この子の息は、（拍に埋もれ、）鎮まります（ほんとは、そうしたくないのだけれど）
（わたしがわたしを、喰い散らかすようだから、）

（こうしてるいると、）
枯れた舟が、宵闇に晒され、（音の海、臨む）丘から、（星の世空への）首途です、

「なつかしさは人を壊します」

わたしの名を呼ぶ姉さんの聲からは。幼い鐘の音が響いて、
ちいさな氷をのせた舌を突きだし、ほほえんだ。
（身の奥から、光を吐き出すみたいだった）

あの日が。きっと、
わたしたちの。ほんとうの離別だった、——、

「この子は、夏に。生まれたの」
すぐに、手紙をしたためました、

「櫛をといて、」

あの人のおさがりの羽織の。
(湯あがりの身であたためておいた、)
布団に寝じたくを終えた子をまねき。
わたしを見つめる瞳の息がしずまると、
わたしはほほえみながら泣く。
わたしは、(いけずなのだ、)

気にいりの縫い包みの、四つを。朱の紐で巻き結い、
(ゆるめては、しめ。ゆるめては、しめ)

この子のゆびの。けなげです、

冬の宵、潮の香がのこる川の傍の駅に、
(手紙がつくよりもはやく)
姉さんは夕日のように立っていた、
ほそい烈しさに身をゆきして。
胸に泣きくれる子の聲が、

あの人のそれにきこえた、――。

（丘の朽ちた）舟は、蟲の都です、巨きな（かわいた）羽が、土畑にそよぎ、
とおい海のきらめきが、古さを襲うのです、

今日、あなたにあいたいというひとが、たずねてきてくださいました、
（遠路、…、しらないあなたをしり、）

丁寧に、お辞儀をして。
（あたしだって）

（どうすれば、）

うたわなければとどかない、
口笛よりも。ほそく、——、
古い風が、（わたしの膚に、）くずおれて、

息に群がる
（ひとりぼっちの）
死者たちに、

「おしえてほしい、——、
　つたえてほしい、——、」

（あたしには、できない）

（信じなければならないとわかっている、）

わたしをわたしは、おもいでが。かすみ、

「いっそ、狂わせてあげて」

（ものしずかな父が泣いたのです、歯を喰いしばり）

そのあと、

姉さんは、
（きっと、わざとだ、…、）
たくさんのたいせつをなくし。
姉さんさえもうしなった、――、
そのことを赦せそうにないから、
（あたしは、姉さんをうしなった）

（廃屋にあつめた、
蝉の抜殻、）

冬を越えて、

この渚は、双子、…。
（いや、それ以上、——。）

たったの。ひとこと、おかえりなさいと言いたいのに、（あなたがかえるよりさきに、）
わたしがゆくことになる、（けれど。おかえりなさいと、あたし、言ったげるから、）
（ちゃんと、）丁寧に。お辞儀をして、

浜の繁みにひそませたままの。秘密だね、

「手折った、」

（季節によって。ちがうけれど、）
たくさんの花を。一茎ずつ、
砂浜に挿して、鮮やかに。
（渚を埋めてゆく）

約束のないめじるし、——、

あなたはやさしくあろうとし、わたしにはじゅうぶんに。やさしい人でした、——、

（みならって、）

「こばまず。歳をとっていきたいのに、」

あたしは、（悪鬼だ）また、（供えの花が枯れてゆく、）

「誰のための、」

めくられる、この。

（読みさしの書冊に、挟んだままに忘れられた押花をみつけ、）

わたしは。わたしをおきざりに、
うつろう時に。はかられて、――、

「時化《シケ》の日には。嘘はつきたくない、」

この海を離れようか、あなたは一度、わたしに言った、
（故郷とも、この暮らしの名も告げず、）この海を離れようかと、
うなずくわたしの首の背を撫で、左手は。おやゆびがかくれていたよ、
（蝶のはらのような、やわらかいまるみ）若い、海の皺の手です、

あなたはほんとうに、
一度でも、
此世に、産まれたのだろうか、――、

（いない、けれどどこか、）あなたが心臓を奥に。
（光陰の、）渦まくばかりの、
（いつも、）いつも、

（此世で初めて流れた
泪のように、
狂おしく。）

鮮烈な、
朧だ。

砕け、わかれてゆくのです、（わかれてゆくしかないのでしょうか、）

（手紙のような手の。ひらひら、）

あたしは。（光の粒、子のなかで）ぜんぶ、ぜんぶ、
此世のすべての。あらゆるものが、
「ささげあっているのだと気がついた、」

（信じなければならないとわかっている、）

ことの古さは、あまりに。幼いのです、

（許容できっこない、）
光景、
出来事、
（あの日、）

くずれた実から、
種を吐き、

（熟れてゆく、）

前世、

いちめんにとめどなく拡がり、

「赫い水のような夕日が眩く」

ここにくれば。

いないのはわたしなのだ
（ひとりになるための）

丘陵に立ち、

（淋しさに
　産まれる）

あなたを（あたしからと）願う、――、

（野暮だね、）あたしはちぎられたかみになりたい、

あなたにはなしたいことが、別離の歳月をこえて、（こんなにも）胸をつめ、

丘の群生の花のような宵空に、息をにがしてやります、そうすれば、

どこまでも、（飛沫たつ、――）拡がろうとにじみ、

かなしみが、（切りたつ、――）無際辺に、打ちつけられていて、（もう、）

あなたのためだけでは済まされない、（わたしのためだけでは済まされない、）

願い、祈りよりも（つよく、）無慚に、

浜を抉るほど拝み、掌傷と海の蒼から、

（あなたがかえってこれますように、）

此世の全域を渚にしてやりたい、

（あなたがかえってこれますように、）

（ずっとずっと、沖まで）
遠まきに。

（すれちがいざまに、）
輪廻した、
かわりはてた地上で。

（恋したあなたの名をおもいだせもせずに）
よびかけるべき、なつかしさだけが兆し。

（あなたが誰なのかを、）瞳は、凪ぎ、（おだやかさのなかで、）
踏みつぶされるから、——、
（二度と逢えない、）

（あたしらが、
生きてる暮らし、）

（あたしは、こわくない）
岩礁のかげりで、裸になって。
狂う歳月をなだめるのです、

わたくしの魂は、喰らわず。
（なにをも、）ただひたすらにささげるための。
（あたしは、おそろしさがすきだ）
けれど、（だから、かな、）

胸の烈しく、はかないかなしみを螺子にして、
わたしはたたかおうとおもうのです、
胸の烈しく、はかないかなしみを渦まいて、
わたしはたたかおうとおもうのだ、

いちめんにさざめく黍を刈り、（空を仰ぐということをして、）
あたしをのこし（老いてはくれない）耳をふさぎ、
渡りゆく舟をながめて、（薄く、きこえない）海鳴と潮騒が、
身空の、うまれの宙をみたすようで、（あなたとの）ふたりを護ります、

（こんな日は、沖を臨んではいけない）

（壊れやすい、）君と道連れ、（波飛沫が輝く宙空に、）君を喪い、（手を添えた）

あなたは招かれ、（帆のように、）立ち尽くしたままに。

ためらいのなかで、

渦まく光を受けいれたなら。

そのときには。

「ちゃんとした人になりたい、」

（波底の、）島雪囀る庭に、わたくしは。

手を耕し、地を離れました、

「はじめまして、——、」

海鳴と潮騒が、
ほつれ糸のよう靡き——、
(わかたれた音域、)
遠まきに、
(調を結いませんか)

宵ににじむ、
半島の輪郭を撫でゆき、

（化粧、
岬、
灘、）

「ピアス、あけたよ」
君からのメールを受け。

（紀勢線、参宮線、）

闇夜にみちた
（車窓越しには、）
海の鳴りは、きこえないけれど、
（耳朶をさすり、）

半島の輪郭を撫でゆくのです

尾根へむかう、旧雪原の。
靡く白髪のようにふぶき、
殺されるようなしずけさが。
（わたくしどもは、すでに、）
ただ。足あととなりはて、
散りばめられた連なり、――、

（いまや。宿執さえない、）

ひとりひとりとついばまれ、
告げられなかった、天闇空にすまう。

ウマレニユクカ。シニユクノカ、

「密の。古い雪だ」

いのちと死のはざま、
たましいとおもいの。
生といのちのはざま、

（臍をあたため、塩をまぶした布に包みます）

ただ。足あととなりはて、
地上の。鎮めえぬかなしみを象り、
（あほうなわたくしには、わからない）
文言を身に結わい。迫るいただきの。
宙から落とすのです、

殺されるようなしずけさが。
（わたくしどものなかで。
ひとりわたくしは、）

つみ暮れる（わだちの、）鉄路に、

停車する車輌が、

小舟のように揺れ、

（エキ、ヲ、ヨミ、）
瞳ガ、
窒息シテイタ。

（誰も立ちいることのない鉄路で、）

閾なき結界、——、

駅を読み。

（神奈川の）鉄路を
濁流のように流れゆく、
列車に立ち揺れ。

再度は、おもいが巡りえない、
光景を受理して。
濁流のように流れゆく。

（おもいでに切迫される）

ととのえる息は、なく。

火膨れ。

手首の数珠に、
ひとしれず摩り、
（わたしさえも、）
託していた、

（冬の石よりも、
つめたく、）
鎮められるならば、…、

ほどけ、散り、
掻きあつめても、
ほどけ、散り、
（今ばかりの業だから、）

古傷、――。滴る血の拍で、
にじむ駅、
横切り。

相模大野、
中央林間、鶴間、
高座渋谷、長後、湘南台、
告ゲラレル、チメイ、
（経文を唱えるに似て、）
駅を読み。

この路を辿るたび、
濁流のように流れゆく。
（エキ、ヲ、ヨミ、）
（巡礼として擦過しろ、…、）

（蒼い闇だ、と）善行、
（経由した終着）藤沢、

（仰げずに、）
駅前繁華街の電飾に、
薄輝いた小降りの、

雨が、わたくしたちを護ってくれますように。

ひとり、
（ひとり、）
ひとり、

さがしていました、掌中の。珠で、
しばり繋ぎたかった首の手の。
そうしなければ。ゆけない、
あなたのもとに、——

（エキ、ヲ、ヨミ、）

おれは、
おれのままで
（全焼スル）

狂おしい日射し、
（あんたらには、
なんのつみもない、のか、）

焼け切った。

ほんとうのおもいでにふれるということをした、

（今、いのちの見えぬ瞳だから）

人のいない
座席に、

（夕暮を孕む、）

車輛に落ちた、
かげりに寄せて。

（エキ、ヲ、ヨミ、）

光にふれて、

おれは、
おれのままで
（全焼スル）

遺灰となろうが、

瞳ガ、
窒息シテイタ。

濁流のように流れゆく。

（誰も立ちいることのない鉄路で、）

告ゲラレル、チメイ、

閾なき結界、――、

焼け切った。

遺灰となろうが、

「そちらへむかうものはいますか、」

濁流のように流れゆく。

（エキ、ヲ、ヨミ、）
（エキ、ヲ、ヨミ、）

（あなたの胸臓からの）
火膨れ。
はどめなく、
あふれとす。

わたくしは、（あなたと）生きたひとりとして、（どうか、）どうか、（願います、）

蒼古の雪の。（おもく、）ふりのこされた、

うちこまれ、——。

（耳をひきちぎるように、
ものおとをきく、）

（幼く老いた）新月に。伐りよられた木づくりの。桶に、（つめたい、）
水をはり、（しずけさをしずけさに述して、）わたくしのうつらない、
（凛々ととがれた、）水あかりに、（秘するように、）よびかけました、
（こぼれてしまう）罄の紋にうらなう、
（おびただしく、）

みわけて、

（水に封じられ、——、）

「あなたをまっています」

（一陣の。
木枯らしに梳かれた、）

川流れに靡く水草のような髪を手に結わえ。
しただたり、

赫黒い朽葉をまき寄せ、
ふきあがる凬の。
つめたさ、
頬にふれて、

（あなたがしてくれたように、）
宙空を仰ぎ、

あたしの掌は手紙だから、
（ゆっくりとひらき）
冬の薄い光に、
かかげる。

「空の眩しさ、ぬらしたげるのです」

あなたのせいで、（名をすてれずにいます、）あなたとおなじ、
途絶えた歳《ヨワイ》のままで、（せめて、）そうありたい、（そこから落ちてくのだ、）

川にひろわれた、
わたくしたちの。

よどみを慈しみ、

ゆびと掌がひとつであるような。

（烈しく薄赫い、）

「光が四つに立ちあがります」

（どうか、無事を祈り）

「わたしに、近寄らないで」

川底の日没で、（かすかな光に石を撫で、）君のいたいけな生涯の澪をこそいだ、
（ずうっと、そうしてあげたかった、）
道連れをわかち、ひとりでおとづれなければ、（たどりつくをゆるされないから）

あなたをわすれたふりをして、

川流れに靡く水草のような髪を手に結わえ。

（耳をひきちぎるように、
ものおとをきく、）

月と夕日の。
ともに輝く、
(足のゆびさきひたす、)
宙の渚から

逆立ち流る川の髪、

とばりをさし。

(水に封じられ、——、)

このしずけさは、
とめられた息のように。

(人々はしりぞけられよ)

終世の九十九の、
水の歳月の涯で。
川にひろわれた、

（蟲入りのように、…、）

なににも、
誰にさえも、
ふれられるとのなかった。

谷底の石のごとき、
わたくしどもの結縁は。

踏みわられ、
無言の吻をひらく。
（緒が、哭き）

「祝いなさい、
人のためでなく」

くずれゆるむ腹の帯をさすり。

いにしへにむけられた、予兆を巣喰う、——、

シメラレタ、
（サンドウ、ヲ）
ねじりひらき。

川に導かれるわだちが、こいをして、
わたくしは、（幼い心の裏奥の、）救いだった川を（わたくしのそとへと、）ひきだし。
（晒し、）わたくしとあなたとのへだたりに、（その川を、）流したのです、

（雨毛にかすれゆく、）聴の眩暈のなかで、
譜を書き換える、その筆さきが。（巡りではうつろわぬ、）緒言の理を沫滅し、

枯草を喰み、（古い）雨の香が、口に靡きます、

（おかえりなさい、）

あなたのかえる地上の輪廻、――、

「邪魔だ、――、」

「ひとつ。
　歳老いてしまいます」

あなたとおなじ、
歳のままで、

（落ちてきました、）

「あたしの手紙で包んだげる」
古い写真のように。
（ずうっと、そうしてあげたかった、）

波紋に渦まく、
髪の靡き、

坂の庭の（うたのようにのびる梢をふるい、）それから、
ちいさな、（うぶな、）新芽にかかる雪をひとつひとつゆびさきで払い、
遠くかすか、（なにものかのあゆみ、おとづれが、）雪の音で、響いてきます、

（耳をひきちぎるように、
　ものおとをきく、）

雪が路に、薄づもるまでの。そのあいだ、
雪が雪に、かさなるまでの。そのあいだ、
（はかない、僅かに灰の）紙の音がこだまし、

わたくしは、（真あたらしい書冊をめくるように、）郷の角をまがり、
（栞紐が落ちしだれるように、）そこにあなたがいることを願っていました、

飢を授けられた川原で、
わたくしは、（わたくしを）喰らう、

（よみ、とき、）

庭にたちこめた、
薄びらく。
封印の塒《ネグラ》、――、

(奥に、秘された)
襖がしまる音に。
くぐもる、
(諍い、)
つどわされし聲が、
一斉の臨終、…、

つぐむ口もとの。息の群れ、
おそろしさに。畳縁を這うゆびは、

つぶされた蟲の香がし。

「桂馬は、首刎ねよるから、気ぃつけぇ、
あいつぁ、そういうやつだ、」

（野花のように、）
鮮やかな譜、叶わず。

僧の札をくり、
歌をたたむ。

「かんにんしてくださぃ」

ねむったふりをして。
聳てた、

（迎えの来ない夏、）
雨のようにしみた、
鈴虫の啼き、
ひとしれぬ
悔しさに。

かしこまり、
身をひねる、

（空に火灰を撒き）
吹き払う。

人をはじく、（胴間聲の、）うらから、
（煮つめられている
血のかおり、）

（煮えたぎる
血のかおり、）

とば口はすでに拉げ、
隔てた閾から、
くぐもる子守唄に、
（あの子、
どこいきょったんやろぉ、…、）

子であることの悔いよりも。
（髪をむしり、）
拝みたおした。

ぬかずき、地に術された傷字の。
（息の香が、浄土しゆく、）川のような都です、

（わたくしの。かなしみは、もう、見つめていただきました）

「生まれるまえに、人を。殺してはいない」

出家させてほしい、…、

「娑婆をなめくさっている、」

（どうしても、…、）

首の切り口に、
仏花を挿し、
「供えなさい」

香がただよい、——、

千林から
六地蔵を経て。

いつも、
つどう人より、
ふたりぶんおおくの。
菓子を切りわけ、
焼き魚をよりわけ。
鐘のような碗に、
白米を盛り。

「この世の。
つかいではない」

（枇杷の実の
あまい、
いろよ）

袈裟が、
幾人の。
白い、
門をくぐり。
（連れてゆく、）

いかなる聲もきこえない、――。

（わたくしたちの、
　子ではない）

まだやわらかな裸足裏に、
団扇をうちふるう、
祓う、
風をおくる、
祓う、
風をおくり、

（もうこれ以上は、誰をも、…、）

（連れてゆく、）

くすんだ
化粧横木、
（搔き傷の、）

（おおきに、おおきに、）

捥いだばかりの
柿をさすり、
軒下から。
（わたくしのように
とし老いてゆく子を呼び、
いかなる聲もきこえない、――。

（連れてかえる）

「緒をかくしなさい」
幾許かの響き、だけ。
蜜にひたした梅の実、ふくみ、

（わたしは、見つめられていた）

昏い、
慈悲の糸をたぐる、——、
蝶の群れ、
不動の焔に、

(わたくしも、
　蝶のように、)

灼かれたい、

あの子にしてやれなかったぶんまで、
この子にとおもう。

「ばちあたりなわたくし」
(わかっていながら、)
あの子にしてやれなかったぶんまで、

灼かれたい、

(連れてゆく、)
「わたしをとめてほしい、…、」

死に似ることで、死を離却し、（ひとつの石に、）わたくしをひとつづつ、（埋めた、）

（秋の、）
果実のごとき。
いたみのなかで、

額の傷は、
（あなたとともに）
疼きます、

（熟れすぎた。）
前世、――、

（誰のために、
　あたしは泣いたのか）

紐を授けます、……、
（棲み処をともにして、）
紐を授かった恩に結わえられ、
（あなたを死後を生き継ぎました、）

ずっとずっとむかしも、
こうして一緒に暮らしていたんだよ、
わたしは十歳にみたぬ子に、
（夕飯を準備する台所で、）
さとしました。

「産まれる子、
　みな、
　誰かに似ていた」
燃やされるように。

「根菜と鶏を下茹でておいて」
（あなたがすきだった筑前煮、…、）

供物と。
供花は、
「庭の端に咲いてんよぉ」
あなたの
掌ほどの
いちめん。

昨夜から暁にかけ
（わたくしは、ひとり）
老いた、——。

（暁に沸かした、
ほうじ茶を口うつし）

川のような皺、
拵えて。

西の空に、光を放ち。

ただ
産むために。
喰い、

(にぎりかけていたのですか、)
(ひらきかけていたのですか、)

ただ
喰われるために。
産み、

火を帯びた、
（観音さまが）
おとづれた
（庭の端に）

笹舟を結い。

いつまでもおさない
あなたのゆびで。

笹舟を流して。

鼬のおとづれた、
水の滴りと。
朽ちた鹿おどし、
（滴り、にじみ、）

干した小魚を、
一尾〳〵、庭土に刺し、
おくりこむ。添水の足の。
（ふくよかな黄泉へ、）

湯にひたされるまでの。
溝に、

火を熾せ、
僅かだろうが、
（いつも）
火を熾せ、

この火で炙れば、

「骨以外は、喰えるよってぇ、」

灰を浴び、
烟に身を
ひそめろ。

いつか。掌の息が、
わたくしたちを待つ。

この世のいろが、
薄くなる日々、
あたしの瞳は。
あたしよりも、
さきに没してゆく、

（ようやく、あんたに、
あえるのやと、ひとり。
このくるしみを慈悲にかえ、
僅かにしかうごかぬ身をささげます）

切れる息は、その仕度です、

首から（しだれ靡く、）栞紐を挿し、

（めくる手をとめて、）あなたをたくさんおもうとき、

「この庭の黒い土は、」
人のむごたらしさを喰うてくれはる。
（子をいとおしむ心もろともに、）

祓いは終えたか、
薄らわらう。
にせの聖《ヒジリ》は、
咎に亡き。
（誰が手をくだしたのか、）

まがまがしく、
戸を締めよ。
（僅かな狂いもなく）
さしこむ光はすでに亡き、

夏祭り、
（盆の日には、…、）
幼子が、
化けものの。
おめんをせびり、

顔をかくす、
（手を繋いで、）

「静かに生きるのですよ、…、」

（誰のために、
あたしは泣いたのか）

やわらかなままの懐に、

提燈のあかり、——。
あたしを摑む、
掌汗のあかり。

瞼をとじることはなくとも、あなたの（あなたという）たましいは、（いつも）
あなたのおもうすがたのままです、

（嫁入り道具の、）
箪笥のひきだしに。
あなたの写真を仕舞っている、

（今は、亡き）

あたしたちの写真を襲ね。

（今夜みたいな日は、
ひらきたくなる、）
たたみつつむ、
黄ばんだ紙の。
折れめに、
ゆびを添わせ、——、

語りによっても、
血によっても、
（継がれるべきではない、）

今はかぎりの
やさしみ。

（なにもきかずに受けとってほしい、）

火に炙られた
石のうめき

気づかれぬよう。
背に、
札をわけあたえた、

「どうしてあなたは、それほどに、
おもう、ということをするのだ、――、」

近寄りがたい、
（ふるえる、
　老いたぬくもり、）
胸の傍で。
数珠を鳴らせ、

（絶つための、）
ささやかな、読経、

巡る根は、水とともに。かなしみをすいあげ、
手折られた茎に（積雪のような、）日没をふきあげるのです、
（聲をきいたことはないけれど、）あなたの死をしることで、（若く、若い、）
わたしは死をおそれていました、

（狂ってもたりない）

うちこまれた楔、

棘の帰郷、
（ゆるされたかったのだ、これからのなかで、）

（曾根崎を過ぎた、…、）
市営バス、後部座席にならび。
あなたのつとめ、

わたしはまだ。
子でありつづけ、

互いに、
泣いても、
いいはずだった、——、

水の屋にともされた、みつ四つの。
蛍火を夏が終えるまで、

（人を喰う火を鎮め、）
あの人たちは離別し。
狂った人だけが、
（くらい隣家に）
残されたとききました、

（炙り出された）

父は。火のなかで、
残された人の命をさがし、

畑のなか、

（あなたの無事を祈りました、わたくしは仰ぎ、）

ここには、

山羊のミルクはないけれど、
山をおおうほどの雪はつもらないけれど、

（あなたの無事を祈りました、花の奥深く、）

「元気になったら、もどってきてほしい」
その証にうつされた、
（あなたのために、つどった、…、）
記念写真に、

（遠く離れ暮らすわたくしたちの）

涙はこぼれるのです、

腫れた耳に火炙の針をさし、いたみをぬいて

傷は、どこまでひらけば。
血の流れを絶つという、

傍に生きる、
誰を瞳におもい浮かべれば。

この涙はやむというのか、

手をふるように、
手を撫でて。
(僅かに、あの人の手がおおきくなります、)

「大丈夫やよ」
言うたげることができんから、
無言で、唱えつづけ。

成仏した、吻は、

授けられたその身を喰えと、
授けられたその身を喰い散らせと。
「そして。わらえ、――、」
(おしゃかになった二輪車をおし、よたり、)

(河川敷に籠り、
宵の颪に。)

「いつになっても、
おそろしいて、
かなわん」

砂道を流れ、
（数珠が鳴る、）
境内、——。
賽銭、
わたくしたちの
拝むものは。
（あまりに遠く）

（どうしてこんなめに、）

野苺を舌にあそばせて、

噛みつぶし、

（聲をすくいます、）

（聲をすくいます、）

幼女からの施し、
「一緒よ」

（蜜毛の、）

薄輝く、
糸玉でじゃれた。
路地のかげり、
（姉さんにあいたい、）

あたし、さがす。
（妹にあいたい、）

あたし、さがす。
（あたしにとっての
娘よ、）
おまえは誰だ、——、

引き受けることで、
底にへばり。
のたうちながら、
悲調を。
払う、

充血した
瞳のかなで、
（緒はいまだ、切れず）

添い寝、
（犬のぬくもり。）

明治、大正、昭和、平成、
（あなたが出逢い、
　奪われた歳月を）
人の名のように、
にくみたくなるのです。

褪せた畳を毟る爪に、
(枯れた棘、)

(ほほえみのおそろしさ、)
しかたがなかったと。
「あんたは、鬼になる」
さいげんなく
(めくり、めくり、)
血ばしった、…、

宴、
いかさまの。
破滅、——、
花を添えて、
肉親だから、ためらいはしなかった、
(奪われるものは、奪われる)

(あたしの)
ふところに、
ちいさな子をのせて。
(読みきかせた、)

水茎を繙く。手のふくよかをおしえ、

あずかったままに、
(もうじきに、
あんたの母と兄は、)
「迎えに来るさかい、」
待っていた、

(もうじきに、
あんたの母と兄は、)
待っていた、

あまえてもかまわないから、

あたしがしっている誰も
責めることはできないはずで、
なのに、——、
(こんなにも、)

誰のための、
「生涯だ」と。
(くるしみへのよろこびを許容できず、)
おれは泣いたのか、

にぎり締めて、
折れた線香に、
火をともすための日々、

(あやすまでもなく)

「おぶったげよ」
寝息が、
首にあたたかい。

誰のための。

しっけている、——、
(汗ばんだ、)

巾着に幼いあなたの名を糸で縫い。鈴の音をしまい、

（見てやってください、）

見たげてほしい、

かたあしで、
（縄跳びをして、…、）
一生懸命に
（空気が切れました、）

十円玉の鳳凰堂に、

「お父さん、いたはるから」

（宇治駅の車掌さん、）

「今日、ふたり仲よく、むかいました」

（エキ、ヲ、ヨミ、）

あの人は帰らず、――。

「立派になったすがた、ひとめでいい」
ひとりになり、
ひとり身になり、

（すべてにつかれてしまったのか、）
僅かに狭まった辻に、
座りつづく。

（ひらかぬことで、
　膿む）

番をして、

客を待ち、今日も。

狂うにたる流血を眺めながら、…、
毛糸玉をころがして。
ちいさな冬着を編む、

（おおっきく、なりなさいね、）

（あたしのしもやけ、
　今でも、
　さすってくれますか）

（子のためと言いきかせ、）

毛糸をさすり、
あたしの掌は、
あたしの瞳をそむき。
ちがう
因果を、
「いごいています」

（救いとは、
ほど遠くとも。

もうしりはしない、）

四辻の往来を川流れのように眺め、

ちいさな冬着を編む、

あのひとは今日も、
自転車で、昼食をはこぶ、

誰のための。

しってか、
しらずか。
川風の。うためくり、

おまえには、
すべてを
くれてやる覚悟で、
この堤防のゆくえをおしえた、──。

（淀川の風、）
（逢坂の関、）

人は傷つくのだ、

どれほどの深さならば。

（再び、）

あえると言う。

（座布団を被り、）
あなたをおもい、
見あげた空から、

命は奪われる、――。

黒い鉄が降りました、
あなたのるすに。

ほめてくれますか、

いつか、――。

（かえして、…、）

「火をとめて」
（火をとめたげて）

（二階の窓から屋根をつたい、
わたしよりも古い、
木にしがみついた、
あの子らは、）

（上映を終えた、くらいスクリィンのような、）
とざされた空に立つ、
ものおとが僅かでもおそろしく。
（たすけてほしい、たすけてほしい）

けれど、
わたしにはもう、
誰の名も浮かばない、

（夏の、）
「梅田に、映画、つれってって」

（おだやかぁに、…、）

（さすったげて、
さすってもらって、）

（にぎりかけていたのですか、）
（ひらきかけていたのですか、）

（誰のために、
あたしは泣いたのか。）

（どれほどよぼうとも、）降りてはこない人は、どこに。
床を踏みしめる響きが天上にやまず、（あたしは、ふるえながら、）
（身支度もせずにね、）冬の路地をさまよい、

（これ以上、たええ忍ぶことはない、）
歯茎を剝き出し。

なきがらの脇で、——。
（ゆびを結い、
しめされた、
一角に、）

怒り、
ふき溜まり。

明治、大正、昭和、平成、
わたくしたちの無念の底で、
にくしみは人の名として。
踏みつぶし、

（いまさら、なにをたくらむのか、）

「今日も、…、
　誰に、なつくわけぇないし」
あの辻をうろつく、
うなだれた野犬は、
侮蔑のにおいをかぎ。

地擦りの血路のこします、

（浄瑠璃のように。わたくしをなげ、…、）
鳥の名の。橋をひとり渡り、
むこうの堤から、ふりむいて。
「いなくなりました」

（生涯、覚えのない、
郷里の、
防潮林をぬける
風、真似て、）
「遠吠えます」

あんたらにあいたい。
（そいつはおれだ、）
涙にぬれしなびた供えを詫び、
「みっとものうても心はかわらんよ」

（ぎょうさんの）
いかなる血も
輝きはしない。

見えなくなるまで、
手をふって、

（あの角をまがるまで、）

あたしも、
手をふって、
（僅かに、この手がおおきくなります、）
（うれしくて、）うれしさで、（はかなさをかくして、）
手をふって、

淀川のむこうに、
みな、帰ってゆく。

また、来てほしい、

いつでも、電話をかけて、
聲、きかせてほしい、

（誰のために、
あたしは泣いたのか。）

（郷の地上に浮かぶ、）駅の名をくりかえし。すぎて、
車窓から、雪崩れこむ夕陽に、

噛みつく犬の群れ、橋の袂の柵域、

（漆黒の瞳を全身が裂けるまでひらく、）

夕陽はうめき、

（あの角をまがるまで、）

晒された、

人ならぬ殺意には、人ならぬ慈悲を、
人ならぬ殺意には、人ならぬ慈悲を、

いのちはてても、

（母のように、
まっすぐに狂うための）咆哮は。

「今宵もやみません、…、」

（もう無闇に。泣いたりはしない）

（供えの、）
花ならば、　にくまれぬのか、――。
すんだ聲に切り落とされた、

幼すぎる雪の。

授けられることのなく。
「秘められた名は、」

尾根のごとき。突き立つ背骨を郷の川にそい、
生きたままに辞世の句を喰う。いみどろの臓で、
四つ這いの。今が暮れるまで、

「石のように護りたいのです」

わたくしをかばい、
かばうかまえのままに。
供えの花輪から。はぐれゆく、

世は巡ります、ひとしれずに、

春の花のような舌で。うたわれた、

そして。わたくしは、
ささげられぬ身空となろうとも、――。

ひたすらに、降り受けるための。

うつわです、(うつわでした、)

水に拝みふす（葉身のごとき、）ウテナ

いたむ世の包蔵の。巨きく（白い、）珠のような掌が、
（わたくしの、）手の皺にうかんでいる、

いまだ、
降りぬ身の。ひとを灼く、
火膨れ。

「今すぐに、救いが。必要だった、…、」
（いかなるおとづれをはばみ、ひるがえる窟が日輪に全焼の、）
暮れ尽く星の。爛れた鉄骨の束、焼石の群れ、（朽咲の）
ほりかえされ剝きだす樹の根の。（光りの糸に）
わたくしどもがかりそめの。棲処の、なれのはてに、（残土から、）
息ふきかえす口のひずみ、（土烟柱靡き、）

胎の星に地上は天空いちめんの白涸れの。僅か水宿し、
「狂おしい、授かりに」

（音として、添えられた冬、――、）

自棄のすえ、飢饉の吻の。ささやき一度でも、
きき届けた耳は、ありきたりな日常の。
話聲さえ、息を礫に言葉をほどくから。

いつまでも産まれたての聲の膚が。（身鳴り、）ぬれた音をささえて、

（キコエル、ヨナ）

（ミエル、ヨナ）

（キ、ミ、コ、エ、ル、ヨナ）

哭き吐いて、全身を歯のように、
あなたのこと、のたうちます。かわいた土をほりつづけ、ぬれた深土を抉りぬき、
（地宙の息をふくみ。輝く産毛だ）
誰の（いかなるものの、）手によって、
（耳をひきちぎるように、
ものおとをきく、）

まなざしを放ち終えた、
灼け石のような瞳が。
没しゆくまなざしにうつるほど臨終の、
やわらかな君の理の自壊にさざめき、
(終わる今のように、もろい) 裸ではなく、——。

オマエノ、
骨ノ焦土カラ、
肉ノ沼地カラ、

烟たつ慈悲を見出しかけたとき

首もとから着崩れたキャミソォルの肩紐が靡き、

(塚に籠り、)

フタリ、樹ヒノヨウナ、ユビヲカラメ、ユビヲアンダ籠ユスリあなたと塞いだことばの。
ひとしれぬ繁みのかげり、
わたくしは、身をひそめ。

胸から噴く水のように、
手をのばし、――。

更地に残された、
空をむく蛇口に挿した、
梅の花、手折って。
（密かな献花でした、――、）

腫れた瞼に、みおくられた玄関の、
狂うまぎわの、おそれの聲がえみ。
（光りの槍のような星が雪原に落ち）

「あなたが願わないかぎり、
わたしは願わない、」

（けれど、）

占花をむしりながら、
ひとつひとつ。
狂ってゆく、

残されたはなびらでなく、
散ったはなびらで、――。

占花をむしりながら、
ひとつひとつ。
「これは、信じていいことなんだよ」

「蒼白い底、だ」

惜しむ、ことのできない、はばみの。
降り、落ちるものに（密かに、）生き埋めにした、
（息災を、…、）あなたの、（骨肉を、…、）身のほどの。

八王子の古い草叢の密かに。ひろわれた、
茫然と攣りし、夕映えを越えてほしい、
子の掌が渚をいつまでもたたいていました、

アテナ、ミヲシヴン、ウテナ

コノ、地域、ニ、被サル雪ハ、
先週ノ名残デス、過去ノ雪辱デス、
キエマセン、ナクナリマセン、
雪ドケ水ガ、イチメンニ拡ガッテ、
フタリノ視野ノ全土ガ、渚デス。
雪ガ時ヲ尽クシ、トケナガラ、泣イテ。
（どこまでも遠浅の）
雪ドケ水ガ、イチメンニ拡ガッテ、

「口にふくんだ氷がとけてく」

ぬるい水が喉に落ちます、——、
式終わり。
スカートの裾を僅かに。たくし、
（左あしゆびの。川撫で、）

雛かくす日かげに、郷の衣をぬぎ、
人の空を羽織りました、——、
（若く、すでにおもかげの）

（日射しを払い舞うように）

祝いの花束をふりかざし。

「もうここにはかえらない」


（水に靡く衣を撫で、）

この身に密か。ひたすらに、

（棄てれるものはすべて）

「おきざりにしてやる、」

（わたくしという結びの。糸をゆびにまく、）
人を忘れるために。
人と出逢い、
「そんなことは、どうだっていい」
（産まれるように死にゆくまでの。いたわり、）
川は老いてゆき。海のみちひきは歳経ることなく、
夏は老いてゆき、冬のつめたさは歳経ることなく。

雛のままに世空を舞う、
ぼろ〳〵の天の。羽衣をまとえば、
わたくしは人でなくなり、
（はかなさが薄い産れをささげるように）
「わたしがわたしを喰いちらかす」

幼い春、（戸の薄ひらく、押しいれの奥にひそんだ、しずかな歳月に、）
妹がせびて飼った赫金枝雀《カナリア》の。
孵ることのなかった、たまごを幾つも、
この渚から流した、

「きっと、そのたましいが、川にあふれている」
「きっと、そのたましいが、川に流れつづけて」

（とても、）とっても、（こわいことだ、）おそろしく、
かたぶく日を受けて。
川の端ばかりが輝き、
かげりに流れゆくたまごは、島のようでした、——。
（西南は悶える）

「遠く離れ、どこに暮らしても」

この川の闇は、わたしを護ってくれます、

（生まれた郷を見覚えない地にかえるため）


（若く、すでにおもかげの）

わたしはわたしから。

産まれたのです、

（しずかな孤島で、）

「赫い月を臨んだ」

ひもとかれるままに、めくられゆく、あなたを（幾まいめの、）ばらし、
一葉〱に。もどしたげる、（わたしを尽くして、）還してあげるから、

もうここで、手紙を受けとることはない、
雪の日には、わたしをおもいだすという妹のために。
(雪の写真をおくってあげる)
ただしく狂うまで、

「どうか、おからだをたいせつに」
仰々しく、丁寧におじぎをするみたいな、(文字のふるえ、)
(そうあれたことが、いやだけれど、すこしだけ、うれしいのです、)

(古い切手をはり、)
鉄路に添い。彼岸花が、
満開に咲いていました、

「ここは、いつなのか、」

(紙の雪の、)昨日(いつだったろうか、)めでた枝が、折れていた、(ひとりでに、)

(見えない、)血を噴くような(もう二度との、光なのだけれど、)尖りにゆびをあてて、

「口にふくんだ氷がとけてく」

雪降る岬のように。舌を突きだし、わたしの再来に、——。

火の手が。
遠く迫り、
「終わりなく」

焦げついてゆく彼方闇の。

ゆびではかる
八咫の新月に、

切り落とす梢を若かりし、

あなたのための川流れ、――、

（心を）そのいたみのなかで、（焚いてやりたい、）

光を道連れに。贖うべき死のにおい、払うため。
（すがたあらわさぬ子をあたためる）卵翼をひらき、

羽搏いた。羽搏いた、

（骨ばった黄泉の鴉、夕刻を告げて）
「鳴けよ、…、」
空を渦まく、

このまま空が。闇に喰われ落ちたとしても、

雪は降りやまない。わたくしどもが、

あゆむ、土地は肉のように。

傷を曳き、――、

火の手に。
めくられるための。

（うつむく、）
「瞳と瞳をあわせるな」
四つの、

（子であるより幼いさざめき、）

「あなたの息のくずおれは、
　人であるまじき。
　戒めです」

（若さを炙れば、秕《シイナ》に）
とけゆく歯の、
咎を啜り。

夕日のような赫い糸のほつれは、——、

（石の垣根のかげり）ひそみにむかい、（駆け寄る足の音に）踏み荒らされた、
なにものが、（わたくしをさがすのか、）これほどの遠さをこえ、（人をこえ、）

社にたつ烟を眺めては、
膝に羽蟲のやすまり。

白砂敷きし。
境内裏の繁みから、
ふれられた。手のあとに、（つぎは、おめえが、）鬼だ、（人を残し、）駆け去る子の、
（遠ざかる背に）梢のような骨々が、（おびただしく咲いていた、）

生まれ出ることが殺めます、
おびただしく咲き殺めます。

四つまじり。
世は疼き、
わたくしは、
連れかえるものとして。
見喪う。

「散りながら。
告知になりました」

（あなたは願われたのだ）
死に比するつよさで、

かすかにとどく。

賽銭の落ちる響き、
揺すられる鐘や。
「またひとつ、
願いは念じられ」
掌をうち。

（あなたがたは、
線香のように燃え尽きてゆく）
覚悟はあるのか、と。
潤む瞳をひん剝き、
僅かな生涯を溜めた。

箪笥にたたまれたあなたの浴衣から拵えた、
ふたつの巾着をふたりの子が首にかけ。秕を仕舞う、

（これほどに）

「君の幼さは。
不憫です」

（あなたのために。
切りわけられた、
菓子や焼き魚の。
慈しむ人の心の）

みながあなたの帰りをまっていました、
たとえそのすがたがすでに。
あなたであることが叶わなくとも、

（あたしにはわかります）
おもかげを僅かに宿すならば、と。
みながあなたの帰りをまっていたのです。

（あたしにはわかります）
あなたが根こそぎかわりはてることを希んだのは。わたしだから、

わたくしの願いは、（ひたいの傷に息づく、）ただそれだけの。
うち揺すられる鐘の響きに、身空をふるわせて。

（あなたは願われたのだ）
死に比する、
生をわけあたえるつよさで。

（石の垣根のかげり）
「あたしとは、ちがう、」
だから。

（おまえを見つけ出す）

はかなさとは、（これほどに烈しく、）人の心をくし刺し、――、

かみしめた、（近親の仏に供えられた無花果の。あまいくずおれ、）

ただしく身を拉げて（ねじられゆく、）
どれほどに遠くても（あなたの息の、）においに悲しむことの（伝えられし、）

「ささくれた結縄です」

紐と紐の結びめの。

緒が、（西まく風に、）靡きます、（かすか、鐘の、）
人に、揺すられたように

掌が順に、（うつす）鬼の。（悲しみは、）日没で終わらなければならない、

（寄せ切れ、）

わたくしどもは、

ヒトデアルタメニコロサレタカ、
ヒトデナキタメニコロサレタカ、

誰がこの輪を絶つという。（幼いままに、）いのちを賭してさえ、

そして、（つぎつぎに誰が、）帰路にはてるのか、――、

烈しく。日射しのような雨が降り、

「人であるまじき。
戒めです」

（空に、餌じき、撒いてあげて、）

「鯨波《トキ》の聲に、
　海闇をすくい」

(海上の暁を終え、)
岸へかえりゆく舟の。
ゆくえをおい、群れ飛ぶ海鳥の。
飢えは嘴に眩しく。わたくしたちを恵み、
掌ほどの魚を空に放れば、(つぎつぎに喰らう、)潮風が身をつらぬき、
(海の翼が、)靡く、

郷の川の闇が。
海になだれこむ今日も、

(港はずれ)団地の四階で、
わたしをまつ人の。
(暮らしをつむぎ、)
いつまでも丁寧な呼聲に、
「日々をささげるということはこんなにも」
赦しをこわねばならないとしった、

湯にしめったあなたの髪を踏み。わたしはおびえ、
「あたしは、いごく渚だから」とほほえみかえしたあなたの。

「おれが誰に似て生まれようと」

この世では。叶いがたい祈りを胸に、
海鳥のかげが、夕日に眩しさにのまれ。

（ゆびの生傷とひたいの傷が疼く、）

闇道をつたう子のままに。
（いのちとして生まれたくはなかったのかもしれない）

大彼岸、――。

「かなしむことのない、いのちの終わりが。蠢きます」

（かすがいを見喪い）

「あんたには、できすぎた人だよ、」

離れてはいけない、

西の海にふくれる密雲が。

この島の岬にかかるまえに、

（あなたに告げたかったのです、）

「君以外のすべてを切り離し、今日この日々が、前世としておもいだされるような」

きびしい遠さを埋める、幾千の。

空を滅法に舞う鳥々の旋かいは、
宙に繙かれた、

「封産の。呪文を唱えています」

郷の川の闇が。
海になだれこむ今日も、
波に人は赦されるのか。
由しれず、
羽搏きたい。

ぼくは、（わだちは、）いのちのむこうへ、——、

（連れてってほしい、）

火の式に、骨ごしらえの。和紙をはり、
瞼でいだいた、
いつの去来の。祈念に響く光靡き、
(見覚えのある空に刺した、手をひらきます、)

手首でぬぐう泪のぬくもり、——、
わたくしどもの聲を掻きけす
花火が。(丘のような胸の) 闇空にくだけ、
あなたの髪を蒼赫く輝きにそめて、
灼けた述懐に。無駄口をはさみ、薄らわらう、
(かりに幾度、生まれかわったとしても)
「あたしにはもう。無理だから、」
(花火の痕のいまだ。宵空の、)
灯籠の。ひとつひとつひとつ、川岸から、
放流されたかなしい輝きが。魂に比した、——、
川の闇に流れこみ。川埋め尽くす光の群れは、
「見えない流れをつたっていました、」

（手をひらき、拉げ。さらに、——、）

無尽蔵ニ放タレタ

想いの根はこの岸にとどまり、
想いの子を、流しつづけます、

ナガレツキルサキハ、

（揺れる。ピアスの耳朶にかかる、）
その髪のように、（飛連れたい、）

はかなく、
はかなけ。
ひと掻き、
（ひとかく）
閃くたびに、

いつまでも。かえる暮らしを喪われるための、

アテナ
シルサレル
ヘヴン
ウテナ
ツキハテヌ
シヴン

「今すぐに、救いが。必要だった、…、」

（身の芯地を焦がし、）からだからきこえた、滅尽の音のように、
（蠢く拍に、突あわせ）爪びいていた、（はりつめる）弦が切れ（はじけたとしても、）
掻きならす、ということをして、（うたのそとのうたを放ち、）

（隔轍雨、…、）

空の蒼が、
（終わり、
ダァリン、）
君の聲で、
啼いてた。

そして。

（聲を見あげる、をしていた）

ボクハ、タクサンノ、君ノ。
シヲ。ミテキタキガスル、

君の着くずれたワンピースが、禍々しく。
輝き靡く八月の。終わりの、

（日が収斂する涙で。眩み、）

「わたしをとめてほしい、…、」
むごたらしいくらい、
光を撃つ。

「わたしにはわたしにしか、
見えないかなしみがあるんだね」
（眩しそうに、）

ひとつの瞼を絞り。つぶらに、
ひらいた瞳は泣いていた、――、
ひとさしゆび突き出し。花車な、
銃身に見立てた左掌を上空から。

まえ髪揺れる。額へ、
（吻を弾くのです、）
「生きるために。死を定めずにいたかった」

（ゆっくしと）

君はぼくから。瞳を離さずかなしくほほえみ、
たおれてゆく、――、

「光で光狙った、…、」

いつまでも夏の。しずけさに、射す日の蒼さが。

いたましい歌の底みたく、

「黙ってろ、」
ふるえるゆびさきの。胸もとにはこび、
見境なく。かきけされたかけがえのない、
（息だけが。息をしていた、その拍動に揺れて、）
めのまえのあなたに、今逢えないとおもう、
めのまえのあなたに、今逢いたいとおもう、

「輝くものなにもかも。どうして、」
いのちを喰らう。理のつめたさで散り、
シカラ、イタミヲ、ヒキヌクノカ

「いやだいやだいやだ」

（冬の映画に。締めつけられた、――、）
マフラーに、首をすぼめて。

「見えない、」
雪疼く背の彼方から。踏切の音が、疼き、――、
（薄明るい、終電まで。）

手を繋いで、
（つよく、）
道連れ。
鉄路の軌跡上に、立つ。
（轢かれるようにぼくら、）
ふたりの足もとを直進する
列車を中央線陸橋から、
見おろした。

（輝く濁流のように、）

重い車輪の擦過音、
前照灯《ヘッドライト》を浴びて。
幾度も、

（轢かれるようにぼくら、）

「たりないよな、…、」

（つよく、）
歯を喰いしばり、
（つよく、つよく、）
手をにぎり、
つらぬかれて。

（轢かれるようにぼくら、）

闇のままでは。いれないから、

光ニ、バラサレタ、ミヲ

「あの日から、ほんとうに、おれら、
壊れ切ること、できひんかった、かな」

かぎつけた残響の。

「息切れだ」

喧騒から逃げきるため、

(殺されるようなしずけさが。ほしい、)

誰の祈りでもかまわない。おれは祈れないから、

(おれを喰いつぶしてほしい、)

(暮れ残る、
橋の袂《タモト》に)

キル、キル、キル、
かびくさい、灰の壁《ウオール》に、
蛍光スプレーで落書きされた、
キル、キル、キル、
掌でなぞり、——。

(暗渠のにおい、…、)

渇いた吻を血のまじる涎でぬらし。くりかえし、

キル、キル、キル、
無情に、呟く。

こびりついた、
（なまやさしい殺意を）、錆びついた鉄柱になする、
一匹の掌となり。（もう、わたしではだめで、）

イノリハシニサズカルモノダカラ、
イノリハシヲイタダクモノダカラ、

「あんたに、逢ってみたい」

レンゲソウ、
ハキダメギク、
ナズナ、
ホトケノザ、
トキワハゼ、

（僅かにそよぐ、
野晒しの全て、）

「ゲリラ、だ」

晒された、ふたり。
日照雨《ソバエ》の礫にうたれ、
ぬれた赫いシャツが。
血まみれみたいに、
君にへばりつく、

「もう誰も、救けてやんない」

（こらえて。エクボが君の。
ほほえみかけて。泣きそうだ、死にたくなるくらいに、）

「嘯くな」

背から。腕をまわして君の、手首をつかみ、——。
「悲しいって気もち、どこまでも。つづくんだね」
（のぞむところだよ、）

血まみれみたいに、
ぬれた赫いシャツが。
だから君が。けものみたいに、

「底なしだ」

光の兇暴な、雨にうたれて、――。

渚みたいにぬれる君の髪に。顔を埋めた、
「終わらせような、いつまでも」

あっけない。瞬間よりもはやく、
(こんなに、脆く今が。終わりつづけて、…、)

「だのに、…、」
(こんなに、おもく、拉げるぼくらは地上で、)

コノカガヤクギシニ、シヲオクリコマレテユキリフトが、軋み揺れ、――。

誰もいない。
ゲレンデ、
雪原に、背中から。
たおれこみ、
君の輪郭に。
わきたつ、雪烟、
真白い、
（聲だけだ。血のような、）

チ、ノヨ、ダレダ、ヨノ、シダレ、ダ

「もしもし、もしもし、…、」
（言い忘れてたことがあるんだ、）

（途切れない。赫い着信を離反した、履歴がつもり）

「意気地なし、」

河川敷に降りつもった雪をけずり、
共に暮らす君の胸に抉れた、
傷に比する深さまで、
雪をほりおこし、
塹壕を備えた。

再び共に、
生きるための。

いのちを
密かに。
護るための。

諸刃、――。

（音源の傷、）
つめたいイヤフォンをねじこみ、
（妨げられた伝信がかよい、）

音飛びしつづけてた、——、

都心、雑踏の流れに。したがえなかった、
逆らえもせず、ひたむきに。よろめいて、
晩夏のアスファルトへ瞳を落とし。爛れた、
電線に添い、うちつけられた幾多の。
白い弾痕のような、鳥の糞、唾棄した、

「口ずさみたいうたさえ、おもいだせない」

（もう、なにもひろいもどすことはできないよ、）

ゆびさきひとつ。ろくにうごかせはしない、
動悸が、自壊する雪辱を神経に。応射して、

「つぎ、誰を喪うのか、かんがえてた」

ミダ、レミダ、レコノカミニシヲ、

「ひどぃ、ひどぃ、ひどい、…、」

（法で護られない者への、
律に認められぬ者への、
人しれず、黙したままの。）

（旧冬の、膚を羽衣のように、薄い）骨の飢の、（風はやまず、）

（流れ尽きた水を汲み、）

古錆びた空き缶で。湯をわかし啜る、
ゆくへのくらむ雪辱のあじ、みかえりをもとめぬ、慈悲のあじの。

（寒さだけではない。つめたさ、）
「火ぃ、かしてくれ、…、」
使い棄てライターをまさぐり、
（かじかむゆび、）
鑢《ヤスリ》とフリントが擦れあい、
（舌うちかよ）
火花だけが、散り、
底の尽きそうな燃料を揺さぶった。

大型ヴィジョン、ニ、表示サレタ気温、三度、剝離スル、流レ、

クチ、ウツ、シノヒ、

すさぶビル風よけに掌を添え、
口もとへ、白い息を浴びるゆびが。着火した、
へし折れたシケモクに烟がたち、そいつを抓む、

赦してください、と乞えもせずに、…。
「ゆび。ふるえてた、」

湯を啜りあからむ舌は。あなたの密かに郷を伝え、慈悲のあじの。
胸には胸のかなしみが。掌には掌の、耳には耳のかなしみが、——、

自販機に照らされ、突立って、
（ゆびをあたためるためだけに）
飲む気もしない缶コーヒーを買い、
無情の拍で、釣銭が取口に落ち。

「雪が降る、おもいでを灼こう」

（なにもかも、）
無駄にしたかった。護りたかった。
（なにもかもに、）

「いつも。終の訴えだったはずなのに」


（ふれるほど。

「やわく」

　さけてしまう、）

気まぐれの庇護のもと、
ぼくらの。群れが毛羽立ち、

この都塵の繁みに。やつした骨身で夜を抉り、

ごめんな、の。

言いかたももう、よくわからない。

徹夜でたがいを傷つけて。ほほえみ哭く、
渚のようなシーツに十一月をたたえて。
ただちに、――。

（極彩の。前夜のあかりが、きえてゆき、）
暁、冬鴉の嘴は。収集をまつ塵袋をあさり、
道端の。薄乾凋びたゲロをついばむ

（三羽、黒い爪の。飛翔を瞳で狙う）

アケ、ロ、アケロ、ヒ、メヲヒ、ロ、ゲロヨ

「一度、座ったし、もう立てない」
（草臥れたスカートをおさえ、）
タクシーを見あげ、
睨んでも。

「ここまでしか、」
ついてきてやることはできない。

（無理やりに、）眉けんに皺をつくって、
「くたばっちゃえ」と君は言いながら、
（そんなにも僅かに、）泪、ためないでほしい、（ぬれたまつ毛の、）

（従う、人々は、つどう、）

イヴの前夜、信号待ち、
（誰も彼も、人ごみかよ、）
歩道の淵にゆっくりと溜り、
堰をきり、青に。
（冬の寒さを忘れ、）
なまぬるい流れ。見境はない、——、

「罪ハ深ク、罰ハオモイ」

拡聲器を結わえられた立て看板をにぎり、

「ソノ時ハ来ル、…、」

伝道の聲をささえる若者が。

黙したままに、見つめる。
薄らわらいをうかべたまなざし、
あしもと置かれた、ペットボトル、
あたたかな「午後の紅茶」は、
ひえきっている、誰の目にも。

（従う、人々は、つどう、）

黙したままに、見棄てる。

ジングルベル、
（聖夜は近づく、…、）

うつろにうつる彼の。
瞳は裁いていた。見境はない、——、

地ツヅキ、コノ潰滅ノ、ナカデ、

交差点、角という角に、
信仰は。突き刺さって、

（あんたのなかで、
人間はすでに、
残照か）

光《ツミ》ハ、再ビ、ワタクシタチヲ滅ボシタマウデショウカ、——
光《ツミ》ハ、再ビ、ワタクシタチヲ滅ボシタマウデショウカ、——

晩夏の蒼穹を旅客機が、…。

一週間前の旅をぼくら、
おもいだし。君が、
両翼を真似て。
腕をひろげ、
「黝い光の。十字架みたい」
空を滞空する、
機体は、
（ヒトガタ、ノ、
巨キスギル、）
生死を擦過した。

飛行機雲を尾に、——、

護ルモノハ、アヤメルモノダ、

どこへいき、
なにを見ても、――。

(これがおれらの。最後の光景なのか、)

いつだっておもう、

「ここにきて、…、」

だから。

「わたしもう、無理っぽぃ」

たやすく終わった夏のための、

（熱狂は、無念に、）
烟のあとをおい。ふくれ拡がり、
落下、（焦痕、――、）
不意にさざめく聲のなかで。

拡聲器にふれる吻、歩道橋に座し。

光と死を結ぶ、
（あんたらを繋ぐため、）
火を浴びた、

イタミニ、ナラヌヨウ、サケ、ビ、ニナラヌヨウ、

聲を律し。

あんたらは。あんたらのままで、
（焼身スル、）

見つめる
君は。君をうしなうまで、
（全焼スル、）

おれはおれを灼く焔のなかから、
雑居ビルに被さる日輪を垣間見て、
（圧倒的な光の渦中、）
人の敗北を、
噛みしめていた、

黙殺の灰、――、
光圧の灰、――、

言葉は、神のいのちを賭するにあたいすると、――、
呻くよろこびに身を焦がし。

（だから）
獣骨の群れ、――、
「あんたらがかけるべきは、
いのちなんかじゃない、」

死にたくなければ、
黙って
祈れ。
突きつけられてきた
刃をみずから、
刺しこんだ。

（ハズレダ、
オレタチヲ、
葬ッテ、
ミロヨ）

空に輪が、波紋していた、
空に輪が、波紋していた、
（明日は、雪がちらつきます、——
　あの日よりもつめたく）
空に輪が、波紋していた、

「虹《ネジ》だ、虹だよ」

（あざむかれ、）

「今すぐに、救いが。必要だった、…、」

川みたいに鼻血が流れた、（君の胸が、）いたましくふくらみ、
（またひとつ、はりつめた）弦が掻き切れ、
（身を焦がし、）からだからきこえた、滅尽の音のように、
うたがはじけた、（君もろともの）

（救いようがなくて、
ダァリン、
なのに。すきだった、ずうっと、）

そして。

（聲を見あげる、を、していたんだ）
傍らにいる君を夕空にも。さがしもとめるように、——、

ボクハ、タクサンノ、君ノ。
シヲ。ミテキタキガスルノデス

すべては、
たよりです。

カミノ
ヘヴン
ヒトノ
シヴン

いつまでも、
蛹のにくしみの。
まっさかさまに、
まなこに揺さぶれる空を受け、
いちめんの。（闇は瞳なのか、）

木仏の。黒光りした吻に、――、
蛾が舞い、ひとひらひとひら、
（燃えながら。灰をこぼしながら、）
「さえてゆくのです、」
わたくしは、（きえてゆきながら、）尽きることはなく、
（あなたの名が口をつきかけて、）
この宵は、たったひとつの。光にしずめ

（颪の実がこぼれ、）

蒼空のように幼い姑獲鳥の浴衣に秘めた恋文のゆくえ、

（まっさかさまに、）
上空の原野を仰ぎ、
「とぼしいものですが、…、」
ありったけの意志を
花の獰猛に譲ります。

「そうまでして、」

埋めた、
色鮮やかな花土《カド》に。
（君と君とを）
朱にまみれ、
きっと、還ります。

（なにごとを奪い、はてに
恵まれるのでしょうか、）

かぎりある、
歳月を払う、
（ほんまはね、そうしたくないから）そっと、（払う、ふりをして）
「水の辺の柏の霊木が、…、」

落雷に、焦げ倒れた柱々の。
木膚のさざめき。
くるしみぬき、火焔の。
むくいをみずからに。
いたむ雪のくるもれ、

（あざなわれた、ひととき）

その僅かさが烈しく、
赫よいをともすために。
幼すぎる身を朽ちた、籠りのまま。

降りしきる雪の逆、再生のように昇天の、――、

（烟がひとり、…、）

あなたを見ることの。（はてしのない、）遠さです、

この手紙を身にしたためることの。つとめとして、

（夏の枯草のような髪をひとふさ、）筆さきに染み、すいあげられる心血の、

「ここにいます」

その聲だけを響かせ、（どこにいるあなたを）灼く焔に、（したたる）くずおれた水が、
すくいとは、ならなくとも、（あたしは。しっていたのかもしれない、）

（再びとは、）願えないこの。心覚えがのこるうちは、

「めくる手をとめて」

わたくしどもをひらいたままに、
（見つめていてあげたい）

「深雪《ミユキ》が山号の、…、」

コモレ日ヲ被《カツ》ク裏地刺シ、

水にあがめられた、(山の末の井底に)、
蔵された、ひとときのみの。ひらかれ、

曼荼羅を観た、母は、——、

(かつて、いめに、
喚ばれたままの若さで、)
山裾へ、降り。
(おもいつめ)
不動へ、
この身、くべた。

護摩の烟を二、三枚の手拭にしみこませ、
(あなたの、) 胸にあててあげたいと。
ありがたいお水と一緒に、
(あなたのもとへ、) もちかえりたいと。

(うろ覚えに、唱えて、…、)

御経のひとつ、ようあげん、
わたしみたいなもんが、

（わたくしのごときものが、）

慈悲をはこびたい。
はからいをわけてあげたい。

護摩の烟を二、三枚の手拭にしみこませ、

ありがたい水をしみこませ。

白日の炎、
とりかこむ山伏、
般若心経の響き、
わたしのいたらなさ、

（わたくしどものいたらなさ、）

喚びとめて。いつも、
「あなたとともに生きる日をくださせい」

渦が射し、
（まきこまれる烟、）

（木膚の。傷を鎹にして、）
枯死してしまいたい、（生きてありますことの薄さが、）つもり、
（朽ち、二度と、）
この身に日がかよわぬよう。
この身に日が巡らぬよう。

この身に諸共の。
香華をたむけて、

凪ぎ、——、

わたくしの瞳をとおし、
あなたを見つめる人は、
（わたくし、…、）
ひとりでなく。

（一陣の）
ミチナカバ輪廻マク
（凪が、）
野晒しの縁《エン》のみのこし、

（今日、わたくしの、）没臨の瞳は、（揺れている、）木枯らしにうたれた梢だ（それから、）
（三葉の枯葉だった、…、）

法螺貝のうなりに、人の世の。結び紐、襲ねの生涯が垣まみえました

（腹のなかの息に応じ、）

（筒の光り、）

わたくしたちの暮らしの辻は、
（誰が生きていたのか、）
黄泉の香ただよう人の往来に。
（昨日、わたくしの、）瞳は、（揺れている、）サナギとして絶えた、（どこまで、）
（飛ぶことが叶う空をしりたかった、…、たたみます、）

ミミヲイダキ

（死んでしまいたいおもいをさえ、
木膚の。傷を縁《ヨスガ》にして、…、）

キミヲミテイタミ

わたくしの瞳をとおし、
あなたを見つめる人は、
そのまなざしで、うなずいてくれますか、
（ふえてゆくわたくしたちよ、…、）よわく、（よわく、ふえてゆく）わだちの、

水に、
連れられ。

（あなたの若く、…、
生涯に襲なり見えます）

花謝《チ》りにまかせ、

（再び、）逢いたい（そのふみの）、（井高野公園、…、）砂にまみれて、——、
額がわれた、子をいだき、（真赫に）子の血を浴びた、腕の。いつくしみ、

ひかかえせぬ（わだちの）わたしは、（子と）蜩の（啼く、この）山道をくだりました、
（瞳をのこし、）ふりむくだけの（わだちの）わたしは、（子と）雪がさざめく、（この）

（サンドウ、ヲ）
（サンドウ、ヲ）

巡りました、（いつまでも、きえかけたままの）額の傷は、あんたの聲の口のしるしだと、
おそろしさのあとに、薄いよろこびを覚え、（再び、おそろしさを喚び、）哭き、

「けれど、もう、…」

（あんたのためだけに、
きたんやのうて、…、
かんにんしてねぇ）

足あとしかない道を辿り、

（払うそぶりに、）歳月の。底流を汲み、
地肌の出血の墨にしたためて、あまりにも。

（こんなに歳いってもうたから、
わたしやよと、わかるかしらん）

この山道を踏み（ふみ、）足裏に、（ふみの）水がにじみ、（どれほどの水がにじみ、）
（あなたの若く、…、
生涯に襲なり見えます）

「あなたに、
ぎょうさん、
つたえたい
気もちあるんやよ」

かぼそい、聲にしてみます、（わたくしのしる、）あなたのように、口をつく、
「それをおもうとかわいそなる」
（ほんまに、ごめんなさい、…、）

かわってあげたい。
わかってあげたい。

なにを灼き、この烟のいろは。
噤まれた口をこじあけ、

（古い炎に囲われた庵封じの宵の。群れからひとり放ちました、）
地鳴りのような読経を浴び、（たくされた、ひとときの）枯れ萌えるを終わりなく、
吐きつづけられた人を喰う、その口の息の。

揺れる、――。

渦が射し、

（一陣の）
ミチナカバ輪廻マク
（風が、）

コノ、
サンドウ、ハ、
渚デス。

（幾世、）わたしたちのあわいを舞いつづける枯葉、（落ちることもできず、）
数珠が。ひずみ鳴り、

（連れられた、）空裏の渚、…、
灼ける空を水にひたし、

「よのよどみ、
啜りつづけます」

この子の名は、（あなたの名ではないが、…、）
（わたくしは、わたくしたち、…、）を（ふみ、）しだき、
便箋としての生涯を迫りあげ。
（碑文としての生を生きていた）

一葉の手紙として、
幾重に折りたたまれる
わたしの生は、

書かれ継ぐ文言に筆致してゆく。

（碑文としての生を生きていた）
（ふえてゆくわたくしたちよ、…、）よわく、（よわく、ふえてゆく）わだちの、
そうすれば。幼き日の聲にかえり、
（ここに来れない。あなたのぶんまで、）
野道は念願に繋り継ぎ。
（わだちは、）書きこまれた、便りだった、――、

葉の一枚〲が、
土の一塊〲が、
風の僅かなそよぎ、

（無言で、…、）
「さようならを言い渡すため」

木膚にふれて、（息の根が、）誰のものかはわからない、——、
土、枯枝、落ち葉、小石を踏む（ふみ、ふれ、）足裏は、熱を帯び、
（ここに連れられ、…、）ふれるものすべてがつめたい、

「悲しいわけではないけれど、
ぼくたちはまだ若いね、」

（あたし、ききとどけてあげたい）

「うそだ、…。
若いことが、
今は悲しく、
口惜しい」

（あたし、ききとどけてあげるから
かなしみをそのままに、かなしみなさい）

（わたくしは、）ゆく（わだち、ふみ、）そして、ここには。いないあなたの遠さとともに、
足あとしかない道を辿り、

（今一度、顔をあわせることを赦し、）あなたをあずけることはいまはせずに、
すでにはたされた（離別をつたえるための、）邂逅のなかで、
（今一度、顔をあわせることを赦し、）一緒に撫でた猫のぬくもりが、
狂おしいほどに（懐かしく、あたたかかったね、）あたたかいということをしった、
きっと、（くおんの、）傍にいて、離《ツラ》ねです、——、

（烟がふたり、…、）

（秋の、）
果実のごとき。
いたみのなかで、
ぬくもりに身を寄せて、
たくさんの言葉をおしえた

すでに古びた裁縫箱の、幾百の針と。輝く糸端の玉結び、…、
（ぼくはあなたに、）いつか。あなたは、お母さんになれば、子に叱られるだろうね、

あなたは、
「幼いままでとし老いる」
きっと。一緒に、
（いい子ではなかったね、）
額の傷は、
（あなたとともに）
疼きます、
さようならは、
いつも。
つらい、
逢うほどに
（熟れてゆく。）
前世、――、

（あなたと暮らしつづけたい）気もちをどうすることもできず、（野放しに、）
「鬼の。化身となり、それでも」

（人膚のぬくもりというものは、
　おそろしいのだ、）

もっとあまえればよかったのに、（頼られたかった、）もっとつらいと言えば、
かなしいと言えば、（そのいたみが、）うれしいと言えばよかったの、だから、
そのぶんを今（伝えます、）ふるえる水の歯の根に、

（こらえきれないかなしみを籠めて、あたしはことづてです）

誰の聲のなかに。わたくしはいるのか、

渦が射し、

大丈夫だよ、（心配しなくていいよ、——、）と、
ふたりと最後にみつめあう、あなたがひとり引きかえす地の、
（山々が波うち）ぎわで、（遠く読経がきこえ、烟の柱が靡き、）盛り、ふくらみに、

「迫りゆく
　離別に。
　出逢うのです」

（あなたがかえってこれますように、）
この世の全域を渚にしてやりたい、
（あなたがかえってこれますように、）

（わだちがです）死にたえるまで、わたしは、（ばちあたりといわれようとも、）
涙を流しつづけたい（骨になっても、涙を流していたい）土盛の奥の水あたたまり、
（あなたが、）傍で生きたいという、（そのままの）ぬくもりは、（いつものように、）

漂う、白い靄が、（胎の、）帯のよう、（山々の連なり）尾根の起伏をかろうじて、

「そのかたちにとどめてみえました」

（うなり、）のたうつ、聳え。遠く、（黙した獰猛の、）

便箋としての生涯を追りあげ。
（碑文としての生を生きていた）

蜩の響きにむかえられ、（つないだ掌の）どこまでも、
逆流の下山を折りかえします

（誰かが近づいてくる、）石を叩き、

見えないところに、雪が降ったの、（梢の尖りに、）宿り、よどり、

わだちは、撓み（だからだ、）生と死、（その衣手の生地《キジ》を）縫ってゆく、

額を斬るの。遙かさ、水にふる雪密の。

逆修が刻みこまれ、（薄い白、だった）野生の雪に、

ふえてゆく、
足あとしかない道を辿り、
あるまじきはての、――、

墓に、供えものはなく。（菓子も、花も、）最後に人がおとづれてから、
（幾許が、）巡らぬときを立ち尽き、――、

人離れした、（宿命にささげられている）
わたくしは、わたくしを供え
（弔いだった）雪の名残にゆびをひたす、
（白くつめたい雪化粧の。施しに、…、）ありがとうございます、

碑のまわりをあゆみ、

（こんな日には、）漆黒の（蟲のような、）字が、わたしのからだの（すみずみに、）
這いいで、埋め尽くしてゆき、身をゆだね（よわいわたしは、人のめを気にしてね、）
（怒らないで、）また、（また）、払う、（ふりをします、）掌を扇子のように、（撫でてあげる、）
「黄泉へとたれた糸のような、わたしです、」

逆修、ガ、刻ミ、コマレ、
生前ニ、自分ノ死後ノ冥福ノタメニ、仏事ヲ、
年老イタ者ガ、年若クシテ死ンダ者ノ冥福ヲ、
生前ニ、アラカジメ自分ノタメニ墓ヲ建テル、
シルス名前ハ朱墨ヲイレ、死亡時、朱ヲ消シ、

わたくしの瞳をとおし、
あなたを見つめる人は、
「瞼をとじろ、そして。瞳をこらし、
わたくしの見ることを棄ててあげて、」

つみほろぼしの涎のしたたり、

（夕暮の）羽蟲が、（わだちの）吻にふれて、口にはいいり、（おもうことをおもう）
わたしは、今、刹那の字に、書かれているのだ、（はだよみの、）

（ふえてゆくわたくしたちよ、…、）よわく、（よわく、ふえてゆく）わだちの、
（わたしくしは、わたしくしたち、…、）を（ふみ、）しだき、
（わだちは、）書きこまれた、便りだった、——、

（碑文としての生を生きています）

決然と、——、

木膚のさざめき。焦げ倒れた柱々の。
むくいをみずからに。薄のこる、（息の根が、）誰のものとはわからない、——、

どれほどの（命を懸けたとしても、）僅かにだけしか、
輝けなくて、ごめんね（ほんとうに、ごめんなさい、）薄い光（しるしで、）訴え、
渦が射し、

「ゆくのは、ええが。あんた、
ようかえってこれるか、」
漂う、白い靄に、（ひそむあなた、）幾十年さがして、（ときをとかして）いみどろの。
（あたしは、しっている）
かなしみがあなたの底にふれたなら、
苦しさがあなたのやさしさを縛るときは、
「此処においで」
（ひとしれず）
わたしたちは、（渦に喰われた）地上なのだから、
あなたと一緒でなければ、
瞳にうつることのなかった光景のなかに（再び、）あなたをおくります、

（今咲き出しの。初花の籠る歳月をぬき）

（惜別の、）
ちぎりを記した繃帯で、
銀杏の枝に。雁字搦め、
幼いあなたが肌身離さなかった、
縫包《ヌイグル》みを縛りました。

ぬれしだかれた髪を二度と。
おとづれぬ夏の日に。かわかし、

裏底ぬれた石ひとつ、
（川岸にひろわれた、わたくしは、）うたのよう、
世空へ噴きあがりつづく、（いきとしいける）血のかなしみに栓をして、

（雪の日をまちます、）

灼き封じられた、いつになれば。
はかりがたきめまぐるしさの、
凪ぐ地をみつめ。うばわれた身をかえされるのか、——、

幼い地上に宙輪した、多頭の。
牲口に幾柱の夕日が。倒れゆき、

（岨道のような歯をひらく）
吻も舌もつかわずに、ただ。

喉奥から嗄れた光のうめく、
川角の。冬の濁る水をうちふるわせた、

闇ではないが。光なし、
（モウココニヒトハイナイ、）

（マダココニヒトハイナイ、）

光郷へ離《カカ》ります、

（傍にいてあげたい、）
わだちに、あたしを喰わせてやりました、
（薬のゆび、爪さきの産渦から、）
ふれることに、ふれはてた

川底の石塊に絡まり、水を靡き這う獣毛のまなざし、

「この身を水にして」

（薄蒼い）水の羽衣を敷いた、この川の浅さは、渚だ、…、

（無人駅のような岸にそれてゆき）

とりどりの石を敷きならべ、流れる水に。

渡したばかりの。幼い岬の、

（エキ、ヲ、ヨミ）
皪かれ。あと地の。川流れ、
みずからのおもみにさえ破れては、（薄さの奥で）今になり、（僅かに潤む）

ふやけた、足ゆびを曳きずり、泥濘をこそぐ。

罅の繋みに、（ひびきをひそめ聲が。喚ばれました、）

水の紙をめくり、澪を撫でてゆく、――、

「川のおもてが底裏となり、」

水宙の、（土、苔を纏い、つや、ぬめり帯びた石が）日晒しの。

童子の群れのよう、（ぬれ、）そして、

（ハガレタ光ノ蝶ガヨコギリ、）


（輝く産毛だ）蹲り見た、水切りの石が。水もをはじけ、

（人を、ではなく、人であることを拒むような、）

（ハガレタ光ノ蝶ガヨコギリ、）

浄土のような洲の。
「対岸まで、――、
渡りゆくことのできる境が。見えました」

（川のせせらぎ以外、）鎮まれ。（棄身で、）繁みで、
ひそめていれば、（いろのない、いろのなかで、）わだちはとかれ、
（いつか、いつかは）呟きつづけた日々の、ひとりの願い、（たりなかったから、）
ふたり、ともどもの願いをまぜて、（殺さぬよう、）それでも。
枯れたままに、繁ってゆく手の舞の。
夕陽いちめんに、薄く人を埋めたのです、

「この身を水にして」

巨石が、水のように飛散します、

（コノ訣別ガ終リデハナイ）そんなことは、わかっていた。
幾歳をそぎ浅川のすがたに、（再び、はじめて）邂逅し、
（種の内に）身をまるめ蔵し（光の殻に）護られています、
ゆびを掌に埋めるように、水が水にぬれ、

浄土のような洲の。

「（薄蒼い）水の羽衣を敷いた、この川の浅さは、渚でした」

（旧雪原の）

（ひとひらの雪が、…、）東京都心デ積雪ヲ観測、

（空からくだる、厳命のしらせであるかのように、…、）

十一月ニ積雪ガ観測サレルノハ観測史上初、

都心、午前六時十五分ニハ、雨ガ雪ニカワリ、

（雪降る街を巡り、…、）各地デ初雪ガ、ソノ後モ雪降リツヅキ、

（薄く雪に蔽われ、焦土のようだった、…、）

東京都心ハ午前十一時ノ観測デ、積雪カラ、積雪深ガ、

（浅川河川敷、…、）ゼロセンチ、トナリ、記録的ニハヤイ積雪、

真冬ナミノツヨイ寒気ガ流レコミ、一九六二年以来、

五十四年ブリノハヤイ雪ノ便リデシタ。

初雪ノ便リデシタ、——、

雪を供えます

（無比裸の、）
ソレハ、
（たましいでも。いのちでも）

（いかなる責めをおうことさえできずに）
ヒダ、リテ、デ

ヨコタワル君ヲアヤマリアヤメ
哭きながら、（ナキ、ナ、ガラ、）
君を喰いちぎり、（キ、ミヲ、クイ、チギリ、）

（あなたの君の。骨の石文にふれる、手の歯の）
「傷ついたたましいを。あたしに寄越せ」
「祈られないいのちを。あたしに渡して」

エグラレルタビニ、
ほほえむ君が。

子ノヨウナワタシヲ深クイダク
カマエノママニ。
「血ヲ噴キマス」

（無比裸の、）
再を巡り、
光の臓に。
産ひとつ、

いちめんの。雪原に、
わたくしは。孤島のように、

（ヒトヒラ、イチマイノ、）閃光、――、

川たむろしの。
八つをひかれ、
九十一の、

裸の腹を空にむけ、
「標的になれよ」

年端もいかぬ、餓鬼が。
(撓み、有刺鉄線のように、さけていた)フェンスをよじのぼり、
(東淀川、)水底の泥濘にさえ、(にごり、流れる水に、)墓はなく、

「生きてるやつではなく、
死にかけのやつ、狙え」

川沿いに拡がる(排気ダクト、煙突、)工場地帯から、

餓鬼が石をなげこみました、(すでに、)ただ流れるばかりだった、
(魚のように、)わたしは、(豊里大橋、)土手を駆け、(夕日に、)

裸の腹を空にあずけて、

いつまでも、(どこまで、——、)

川坂をしたたる水をたどりますか、

水の都街の廃寺の。屋根に座し、（あんよをあそばせ、）
幼女が（秕いろの瞳に、）人の名のかぎりを唱えていました、
（いめのあがないです、）

地上ノ棘、オシエマス。

モゥ、墓標ハ、イリマセン、

「ヒトツタテタラ、ミナノタメェ、」

「ヒトリィ、ヒトツッ、」

墓標デ、地上ガタリマセン、
地上ノ棘、シッテクダサイ。

「あなたが手紙でしらせてくれた、
川や人や地の。すがたです」

日溜りが決壊した、澪に。添う、
受難した光を異なるあなたで、

（薄い、）紙帯のように水が敷かれ、（密かに、ひらかれた、）閃字の導きよ、——、

（沢の道ゆき、）わたくしは、（川を喚ばれ、）あなたの背をおいかけ、

「晩春はまだ水がつめたくて、
底びえします」

（ほんとう、ですね、）晴れてゆく空を突き刺すように、君は腕をめいっぱいのばし、

（ためらわず、）枝に身空をつるす、宙の足のした（紙靡きの。地水が流れ、）

（こうしていると、）わたしたちも、届きそうです、（届けられるように、）黄泉より、

（いたいけな、）ほんとうのごめんねを言うための場所に、

熊の爪、
犬くぐり、
龍の腹、
奥の滝、

（落ちた、）躑躅が、
みずからを供えた、
そまり。

（土に響く光の、――、）

「水が落ちつづけます」

一気に、丘陵をくだる馬のような流れでした

澪の底から（死が僅かにそがれ、）水藻のしずみの。（滝の裏から）岩に座す、

落ちる水にうたれつづけて。腫れながら鎮められてゆく、（あなたもそうでしたか、）

（見つめていたい、）涙のかわりに（かわりはてたい、水びたしの瞳で）みひらいた、

孤離のほそく、まなざしの。枯れた線香をいだき

うずくまれば光景は。身をおおう、

背骨に添い。撓みゆく、

（それは、二度と元にもどらない）

「結ばれた縁《エン》にきりはないのだから」

（双の川の堤に、おさそいしました、）

草をゆびに結わえ、（聲の方位に、）伝えた夕日は。（小雨に化粧い）救いよりも遙か、

空のかぎり、孤絶の心身を寄せあった、（雛の式の、）手を添えて

生涯のようにいちめんの。絖地《ヌメジ》に、刺してゆく、——、
眩しく（日を照りかえす）君のピアスが、（川流れのたましいのようで、…、）
孵えることが鏄れます、
閃光が、夕風をつらぬき、——。
めくられつづく書冊の。
馬の丘を経た。

（この躰ひとつ、
うちこまれたい、
おもいの深さをはかり、
林立した、）

うちこまれるほどに、
（水がわいて、）
傷だらけの、恩寵として。
草叢に、おとづれ。
倒れこみ、いだく。

（入滅は）流転まで、

身やつし。ついやす、

庵の裏を逆まきに巡り、
垣に咲く
黄の花に。

身慄いした、恥辱や、

（生を鎮め、死ぬため）
草が萌え、——、
（死を鎮め、生きるため）
草が枯れ、——、

サツキツツジ、
イロハモミジ、ツバキ、
アジサイ、イチョウ、シダレウメ、アセビ、
タンポポ、ヒラドツツジ、ハギ、モミジ、ナギ、

（北にむかわなくとも、…、）
浜に連れられた若馬の。瞳にうつる海にそばだて、
蒼にいななき、鼻息の。手紙のような手の、ひらひらと鎮まり、

（角の舟からみはるかし、）あなたの幸を願いました、

櫂練リハ、…、出陣ニ際シ、鹿島ノ神前ニアツマリ、…、祈願、或イハ、…、往時、…、
出陣ノ再現ニモ似テ、囃シノ鐘ヤ太鼓ノ響キ、…、櫂練リ船ヲ先頭ニ伝馬船ニ乗リ、
二隻ノ神輿ガ続キ、オ供船、…、笹幡《ササバタ》ヲナビカセテ、

島ノ西沖合ニアル岩、玉理《ギョクリ》・寒戸島ハ、夫婦岩トモ呼バレ、ソノ大注連縄ニハ、
古来ヨリ人々ノ願イガ想イガ数多ク編ミコマレテオリ、神聖ナ場所デス、

敷きつめられていた、巣が、繁る樹木の枝に、（緑殻の卵がわれいて、）落葉をふみ、
（夕渚の道、小鹿の道、風早の道、波妻の道、潮騒の階段、）

臓卜《ゾウボク》のいましがた、
（黙唱し）
切りとられた
角、
双の。

切口から、（渡し舟、）宵庭の島の、
啼くために、（啼いた）わたくしどものまなざしの襲なる囀りに。
（海の薫の、鹿の瞳、）鼻がしらを撫ぜて、
（桜、散り）、

白い、

即座

（近づけば散り、）
（離れれば枯れ、）

白い、傷の

「いごかされていた、」

幾つもいくつもの、たましいに。
わかっていたのです、

朽ちた瓦に
草、繁り。

（歯のようにならぶ）
千体地蔵、
世を口に、
ふくみ。

一言地蔵、
人を吐き。
咲き零れ、躑躅、

日溜りが決壊した、石段を。ゆききした、
わかっていたのです、

（幾多の腕に、——、）

室はしまり、
揺れはじめた闕の奥、
観音の千手が、
ひととき、

わたくしたちの掌に収斂し、
とおまきに、繋ぎふれたゆびの。

慈悲は、背を吹き靡く、

口蜜のちのみごの。

（見るほどにとどてゆく、瞳に。おくりこまれた息はあたたかなのですね、）

残生の施し、

舟を待つ。
つどう、
桟橋に、
旅立つため、
舟を待つ。
人のたたずみ。

かすみ暮れゆく岸手に、日を受けた（孤島のような人の）、靡き、
（あたしらが、
　生きてる暮らし、）
海の波の光のように、おとづれ、閃いています

宛てつづけて今も。このときの、

「あなたが手紙でしらせてくれた、
川や人や地の。すがたです」

蒼い月のような若さ、

末黒野を
四つ這いに渡り、
(残る、地烟、)

引きかえせずに、
君がいる位置を
蒔き、
散らし。

浅く、
突き刺す。

(浅く、)
(薄く、)

突き刺す。
狂おしく、

ときめき。

（端から、
　萌えない）
籾で標した。

（彼方ニハ彼方ノ
　涯テガアリ。
折リカエセバソコニ、）

渦が射し、

「とどめは、ささないよ」

などと、
たわごとを、――。
うめき。

歳月は九十九の渦の、
名のほどき、残滴の。
日の異《ケ》にふゆ、

この橋を渡れば、（彼方への距離に籠る、）無尽蔵が、ひとときに（いっそ、壊して）、
その頃の、（みなのもとに、もどることはできないだろうか、）そうおもってさえいた、——、

（封じることと、ひらくことの、）そのどちらが、
（締めることと引きぬくことの、）禁忌となるのか、
今のわたしにはもう、かまわないのかもしれない、だけれど、
報らせなければならない日の巡りに迫るのだから、（古さにまろぶ石を摘まみ、）

薄いかなしみが涸れかけて。
心を剝がれ、（出逢うたびに、）しいてゆく、（舞う、）

タタカイニ、イマハ、ヤブレタヒトビトガ、

鎮まりの（孤島のような月ばかり、）

「ここからは臨まれ」

ことづての（墨書き、とかれた文字の埋もれ蠢く）漣の、

わたしはその手に、みつけられたのだ、

雪辱に血まみれの光景は。
おまえのくやしさにこそふさわしく、
かなしみに血ひとつ流さぬ光景は。
おまえのさびしさにこそふさわしく、

（烟がひとり、…、）

（傍にいたいという、そのおもいに。いつわりはありませんでしたが、）あまりにも、
（おもいははかなく、）どうしてわたくしが、あなたたちのもとから（黙ったままに）
離れたのか、（わたしにも、わからないのですが、）遠い、という時をおもうことで、
筆をとりました、

私信デス、ココハ、跡地デス。
ボクラ、全域、跡地ニイマス。
（雑居ビル、ヤ、電柱、ズタズタノ、罅ワレタ、アスファルト、
アタリ一帯、空へ、ニクシミヲ慈シムヨウニ、突キ立ッテイマス）
境ヲコエルタメノ瓦解、
渡シ、終エマス。

（旧真夏の）
深夜の芯から、
薄明かりの部屋で、
シーツを胸にだく
あなたの瞳は、（いつかの封筒のように、）
ひらいたままだった、とおもう、——。

（白い夏の驟雨の白傷の、）あかるさを除けしのぐ、
丘の塚の屋です、（みらいがでしゃばります、）
幾十の折り鶴の無心の拵え、かみにふれるゆびの連ねの。
公団、四階、日の終わりの空へ、放ちつづけた、——、

一羽、（また、）一羽、

（できるかぎりでいい）

高く、（遠く、）ながく、
「空を舞えますように、」

一羽、（また、）一羽、

落下するたびに、（ぼくたちは、）折り、祈り、腕をふったのです、——、

つよく、
黙拝のために。
つよく、
とじた瞳を今、翼のように拡げ。

トキヲマク

眩しさに潤み、（熱と光を恢復し）

「つたないよろこびをみつけたげる」

たとえば、（ひとつ残らず、落ち葉を終えた、）真冬の街路樹に身をあずけ、

「無理して生きてた、それだけだから、…、けど、今さら。

うれしくなって、どうしようもないよ」


（あなたがきらいな冬、）暁の新鮮な空気を胸に、おもいきりすいこみ、

（紙を芯からやぶくように、）咳払い、つめたさにむせ、

（赫蒼い空をながめ、）なにかをおもうということをやめていた、

（何処にもゆきどころはなく、たすかる理由などは、
とうに、なくしたはずだから、）
むごたらしい囀りをきく。
（うらやましく、僅かな救いの実を喰み）

「しかたない」
などと。若さゆえのあやまちは、
いかなるなぐさめにさえ。
たりたことはない、

ふたりの写真がめくられ、（光が暦を薙ぐ、…、）くらい眩しさに、

（台地の公団から、）
ベランダに、
僅かにひらいた
（ガラス越し、）
あなたがふりむきほほえみます、
夕暮の凪、――、

人離れした、（おもいでのいたみ）息浅く、（おもいでを傷つく、）ゆびになぞり埋め、
枯葉に蔽われた、あなたの棲む、（撓む坂道をくだりつづけた。台地の公団まで、）
たちどまることをしたくはなかったです、

いつか、人をおもうため。
（脱ぎ棄てた衣類のおれめ、）
見ることがくらく、

かげってゆく、

（高校野球グラウンド、白い蝉時雨、陸上トラック、
埃帯びた電話ボックス、ひんまがったガードレール、
半年前の吸い殻、車輌にふきこむ霧雨、食卓に突き立てた鋏、）
（喉を切りさいてでも。君にかけるべき聲の）
慈悲に爛れ、
善きやさしみにさえ爛れ、
「いくら、もらってんだ」
（もうききたくはない、）
ちぎれた耳が灼け落ちてく、
「そんなに聲、あげんなよ」
（傷口がひらくから、そこに紙をつめてやる、）膚ふるわせるためだけに、
かげってゆきます、

（若さをくやむあたしの、からだから、）滅却の音がきこえ、（掌をにぎり、）

「いたい、けど、うれしい」


（手紙ではいつも、）気にかけてくれて、（おもいでのかみの繊維にふれるよう、）丁寧に、

（あなたのやさしくいたわりの聲をわたしは、うわの空で。流し）

たとえふたりを壊すことになろうとも。ふたりのかなしみをだめにしないため、

（ひとときやひと言では済まない償いの破調をさぐっていました、）

裏はらに、瞳に疼く白い怒気を泪が拭い涸れたのです、

時が流れるということは、

「はんぶんは、嘘よ、」


首と腕を繋げていた。ふたりのかげが、掻きけされ、

（遮光カーテンをひらく風、――、）拡がる西日、（一瞬で、一緒くたに）浴びて、

（あたし、おもった）


あなたはわたしをいだきながら。

光のように壊れようとしていて、

（あたしだって、そうしたかったのだと、）

（直射日光が、）
とざした瞼をすいて、
「薄赫い光のなかで、」

（再生、）
（輪廻、）
（殉死、）
（回帰、）
（身代、）
（甦生、）

そのどれもを拒否しつづけた、
あの瞬間、おれたちは。
（一度きり、閃く、——、）
無常の涯につうじた
「喩のように」
結ばれていた

（若さをだめにするほどの傷口、）

それすら見つめあい、それをすら見せつけあい、――。

蒼を掻きけす。日輪をかすめた（人の形態であることに、）
「どうしようもなく、こわかった」

（わたくしは、）君の傷にではなく、（疼く）君の傷の痕になりることで、つぐなおうと、

「あの公園までは、もつよ」

空気のぬけた車輪をこいで、ふたりのりで（あらゆる道をくだることしかできず、）

「蒼い空の日は、
　いつも」
（蒼い空に、）
「おびえているよ」

まなこのはしで、

ふたりはいつまでも。写真のなかの、

君の全心身の傷も、淀みすぎたぼくたちの恋も、瞳に射しこむ闇すべて、
輝かせるつもりだったんだ、（無理にでも、一挙に、）癒える必要などないから、

（このまま。日が暮れきるまで、こうしていよう、）

（人膚のぬくもりというものは、）

裸になることの。
地獄より、

十月のごとき、
十日のごとき、

きき流せはしない、雪辱の呪詛のおもさに
うなだれながら、帰路につく、
うつろに殺気立つ
古い瞳には、

十年前の君に似た傷だらけの輝きが、あいつらにうつりこみます、

（誰にも。それを、
　卑下させない、）

つよく、
悲祈するために。
つよく、
とじた瞳を今、翼のように拡げ。

無闇に、
腕をのばし、
ふれあった瞬間、
ぶった切られるくらいなら。

駅前のコンビニで売ってた、
「やっすい花火、かきあつめ、」

（裏路地の
　桔梗を撫ぜた、）
あの鉄柱まで駆ければ（まにあわないけれど、）
「このまま。終わりになるのは、たえられなかった、」

（終わりの悲しみを見晴るかすだけの。高さをもとめ）

エレベーターへ駆けこみ、
最上階を連打した。
トビラがひらく、
光がおし寄せる。

「弔いだと、そう信じていたから」

屋上のフェンスをつかみ、（この街では、）いつも。誰かが壊れてゆきます、
（たった今も、…、）深呼吸をするために、火をつけた煙草をフェンスにこすりつけ、
（灰が、夏の風を舞った、）タタカエナイ、ヒ、ト、タチ、ノ
（ようやく、呪詛をはらす、）人から人を奪い、わたくしどもを殺すための、
忘れないうちに、おまえらの名を呟くだけで、（せいいっぱいだったんだ、）
こんな顔は見せたくなくて、（いじらしく、涙がこぼれても、わらってた、）

死にたくなる衝動を殺すために、
死にたくなる雪辱を喰い殺すために、

「おまえといるわけじゃない、」

「碌な近況は、ないよ」
深夜の横断歩道に立ちどまり、夜明け直前の静けさが、
（おれたちのさわがしい無言に、）来るのを待ってた、（たぶんそれを待っていました）

（再会、）この夜を（あと三、四時間、）過ごすためだけの理由を希み、郊外の。
ラウンドワンにひびく、テレビで耳にしたくだらないラブソングが意地悪く。
沁みるためには、瞳のまえの。おまえたち以外を理不尽に、

「にくむしかなかった、」
おれたちの会話は、掻きけされつづけ、瀕死の吐息のように、（ほそく昇る烟、）
火のきえた吸い殻をつまみけす。（今を生きるためだけの。あんたらの熱狂に、）
おれたちの再会は、掻きされつづけた、
（今、なにもかも、つまらないとおもう、どうしょうもない心が、…、）
ぬれた棘をかくすよう、喧騒に。ねじこみ、

こきおろされ、
いためつけられ、
それでも暮らす、
だらしなく荒び。生きてゆくには、（もう一度、）
「すきでもないあいつ、あいするしかない」

（花火は一瞬で尽きた、）

宵闇のグラウンド、剝がれかけたゆう具の塗料、ささくれを爪ではじき。
夏日に迫る五月、やりなおせるならば、

「ちゃんと終わっておきたい、」

はかられた繫がりを許容できずにいて。きっと、
また来月、会おうと、いつかの大阪旅行に、おもいを馳せて。
（ここではなにも。起きなかったのだと、済まされるから）そして、
（見るものをなくして）ひらく瞼、かぎりなく、――、
明日になれば、おれたちの（今、伝えておきたい）おもいは、はじけている、
（おれたちは、最悪だった）

赫い日の直下、噴きあがる血のようなおまえの躯には、
雪辱に暮れる日々の兇暴が死を護る光を衝迫していた、――、

（春の白昼、）高速を飛ばし、（おれたちのかなしみも、）生きいそいできた、眩しかった、
ひとのすがたを忘れるほどに、（あいつらの淋しさも、）壊れるよりはやく、

「無闇に飛ばしすぎたんですよ、…、あいつは、」

懐かしいビルの鉄骨を臨み、ハンドルをにぎる、（掌のふるえ、）バックミラー越しの。
たわいない冗談に真顔をひそませ（このひとときがみっともないヘヴンだとしても）
おまえが語った、（護られた死の瞬間にとき放たれる光が、）フロントから射しこみ、
車内にあふれ尽す日の光に襲なったとき。奇跡みたいに胸うたれた、光をつらぬき、
（真春の高速の、）かなしみは（おれの瞳に）輝いて、あんたの居場所をおしえた、
だから、（巫山戯た奇蹟、だったとしても、）またな、そう繰りかえし告げて、

「眩しさの、あてさき、…、」

(いのちあるかぎりの歯どめ、——、)
あの瞬間の。
(法外の閃き、——、)
世をつらぬく、
即座の渦中、
おれたちは、無常の涯につうじ、
(壊すでも、拵えるでもなく、)
「喩のように」
結ばれていた
そのどれもを拒否しつづけた、
かぎりなく。
(いのち尽きるまでの封印に、——、)

（埋葬されるように）
放り晒された、

「夕闇をまさぐれよ、…、」

秋の川に咲く。
（やわらかな、死のまなざしを尽くし、）
招かれることなき。
わたくしどもの巡礼、
花のような血痕を辿り。

敷石に。
したたる、
祈りを拭う、——。

（廃寺から、）

月輪の産聲が。

この出生を観たものは、
誰ひとりさえ、――。

「生かしてはおけない」


（すでに、そこには。

　人はなく）

「生かしてはおけない」
（あなたのために）
埋もれましょう、
宙空の土に。

念じられた、
息災の。
風光に朽ちた絵馬が、
（人のなごりに）
揺られ鳴り、
（戦に敗れしものの傷深き）
骨をおもえ。

（瞬間の古さ、）生まれた郷の終りの日に、
蔵に、まるめ仕舞われた茣蓙をひらき、（あみめに手を添え、ひと撫でごとに）怒りを鎮め、
母の酒をひと口に、棘のような月がかすむまでが、わたしの幼さなのだと決めた、

（ずいぶんと遠くに、）雨が、老いて石をふみ、
鉄路の巡る都で、（わたしをよぶ）聲はすべてきらいだ、
膚のやわらかに。爪で掻き、
ひとつの壊れに名を記す。

「わたくしになにか。できることありますか、もう」

車窓ごし。雨礫にゆがむ人をみおくり、

（写真を焼くように。離別しました、）

「蝉だね、あたし」

（遠いはずなのに、）

ふれようのない。

君と蟲の。羽根を捥いだ、夏やすみのおもひで、
飛ぼうと悶えるすべてに。ささげた、
わたくしは。

「ふえてゆき、――、」

（あざむけ、）

「来るとわかってた」

人の仕業ではない、
夏の終わりの。

黙した喉の奥で、
起きてはならぬことばかり。

わたくしは告げて、

（慈しみが、怒りにくしみを孕み、鎌首が灼けて、）

「しらしめられたのです」

（けれど。人ではないとおもうと、こわくなくなります、）

みおくりました、――。

あなたのいない日には、流れる光景を見るために、わたしは立ちどまります、

連れられて、（波の掟に。人は舞律し、）郷の海の宙へ、――、

結びの浜にかよう、山車《ダシ》を離れ、
灯籠をゆびさきから。つるし、
そぞろうつろう、喪き馘《クビ》の。
雪のような再来をもとめやまず、
白い無慈悲の冬のいふゆに。
「あたしたちのおもひでは。たましいみたく」

（ずっと。一緒に暮らしています、）


夕波にまぶたとじ。おもうことをおもうわたくしの。

（あなたの。やわらかなゆびに撫でられた、）

幼い額には、赫い繊月のような瞳がうずみ、

「はじめてうつした光景は。共喰い、」

ささげあうことなくあやめられゆくいのちの底の。

鮮烈な、
朧だ。

（内緒です、わたくしひとりの。旅に密か、）

地下鉄をのぼり、目黒川に枝端をかける桜の。
前夜の。雨に落とされ川もにゆらめく、離島のような花筏に、
信号をまち、あなたの姉さんは陽炎のように。ほほえみ、

「海のにおい、連れてきたのね」

（鬼胎を鎮める旅籠の室の）

おれは、あなたの。どれほどのおもいを伝えたかったのか、

横櫛をとき、
散らばり揺れる髪の。
熟れた実のかおり、――、

（生前、最後の春の暮に）

誰の手が。わたしの瞳をおおうのか、

ゆびのすきから。見た、いたましい街のすがたに、

「黙っていれば、すみますから」
八つざきに。ひらく、
忌まわしいほほえみの。

吻を喰いしばり、
人を終わらせたいとあれ狂う。願いをたえて、

「見たくもない光景の」

まがまがしい連坐のついの。

人を終わらせたいとみずから狂いゆく。願いをたえて、

(手が手を羽化するように、ゆびがあふれた)

「誰かわたしをとめてほしい」

「誰かあの人をとめたげてほしい」

(手が手を羽化するように、ゆびがあふれた)

授けられたその身を喰え。と、――、

一緒に暮らしたおもひでのあなたが。（再び、）うたのように、（壊れてしまうから、）
（輝きに舞い寄る、羽蟲のよう、）
滅にふれあうからだ（身心の外）切り刻まれていた、
ずたずたの光景に、（みずから、）まきこまれ、
あらゆる再来の輪をにぎりつぶしたはずでした、

（ゆらりと首をもたげ、）

ときは襲なりあうことなく。
十一年前の。祈りが、
今にして叶おうと蠢くならば、
それはもはや救いではなく、
それはもはや成就ではない、

あなたのままのあなたの、いのちならぬおとづれが、――。

雪のような再来にもとめられるかなしみの底で、

由々しくとも、――。
（わたくしのかわりに）
（わたくしのかわりに）
（わたくしのかわりに）

朽ちた軒に身をやつし、
人の名を無心に唱え。

見あげれば、
道連れのごとき雨が、――。
軒をうち、つたうことで。
ふくれあがる雨礫のしたたりに、

「たすけられなかった、
　誰ひとり」
人の名を忘れるまでの。
野晒し、
今生の。雨晒し、

河骨のごとき。棟木に巣喰う、
（わたくしは、泪でした）

堂宇にかかる枯紅葉を雨がうち。
落とす、――、
「あの鳥の囀りは、暦です」
赤黒い尾羽を揺すり、
巡らないときのいめ。
（あなたは。おいてゆかれたんだ）

いつになれば。
人は鳴くのか、

わたくしは、
土塊のように。
雨にうたれ、

ぬれた耳の遙奥に、
薄く鼓の音が籠り。

(それは来迎のごとく、)
人の終の掌でうつのです、

弥立つ、

由々しくとも、――。

「皺に日没がうつり、」

すりあわせ、
すりあわせ、
あせた掌が。
落ちてゆきます、――、

（ただ光のともる、）
「無人駅のような感情だ」

川の氾濫と終わりない戦から、
人世を救ったとつたわる
経文をおさめた
堂舎はすでに。
けもののすみかと化し、

（暦どおりにくだされた、）

文言を喰い散らかす。

胸から石ひとつ。とり出し、

「ありがたい、ことです」

（わたくしのかわりに）
（わたくしのかわりに）

「こめかみを狙え」
（母の胎にふれるように、）

逆なりの自壊の戦のために。
古僧馬が弓をいられながらに立ち尽くし、
経を唱えたという辻の。

裸身仏の吻に花あそび、
（覚えたばかりの歌を挿し、）

「あなたの子の手をひいて、」

産後まもない牛の瞳に、 穴倉の。
枯れゆく宙空をつるされた、
鴉の躯にいのちを払い。 坂をくだります、

幼いままのあの子のための冬着で川石をくるみ、
わたしどもは悲しみを無理に。忘れさせられて、
赫い産土を斥けた、聲の君は。響く宙をもとめ、

「生き埋めにしました、——、」

決して剝きだすことのない黄泉底の。雪を被せて、

聖が咎からまぬがれています、
赦せずに、わななきが。坂をくだります、

「こめかみを狙え」
（母の胎にふれるように、）

「わたしは雪だ、そうおもいました、」

かつてない形態で、——、
「再来する、君はひとつの、」
（コノ宣告ヲ、イクツ浴ビレバ、）

水に繡、没の瞳にいたわりの。

ナザシノ、正午、——、

（隔轍雨、…、）

烈しく四つの。躰は九十九の夕日に蠢めき、

臨の手は水密に、

蝶が落ちた。

冬の落涙、
夏の夕立、

撓むためにふれた、

（その日、真昼の旧ロータリーは、廃校の花壇のようで、）

「傷、見せて」絆創膏をはがし、――、

「誰かを癒やすってことは。たたかい、だよ」

ファミマで買った。週刊誌と炭酸飲料をぶらさげ、

白地のシャツを羽織った君が、日輪を受け。

（転瞬の、――、）空に比する輝き。任をしくじった刃の、

（照りかえす、――、）全身の傷跡を掻きけし（見てらんない、…、）

わたしをつらぬくものとしての（君と、）

君をつらぬくものとしての（わたしと、）

襲なり立つ、――、

尖り。

（正確ニ来タル定刻、ボクラ、ダケ、ノ、――、）

（棄てられた、）骨のひんまがった傘、（赫い空に真向かい、）

無理にひらく。雪あがりの夕陽にかざし、——、

「今、誰かが死んだと、おもう」

（身がってに。その死をふせぎたいと、おもう）

（棄てられた、）骨のひんまがった傘、排水溝に、（擦りむいた先端、）突き刺し、——、
幾ときも、冬を召喚します、
わたくしどもを再滅の。慎みに、

「とりかえされた」

（ユキ、ヲ、ヨミ、）

（つめたさを戦意へ、）

（かなしみを戦意へ、）

慈悲の武具の。救いない結末にたえることはなく、
つららの真下で、——。

（機をまつ）

(福音みたい、…、) 雪の渚の (啓示みたい、…、)
その鮮やかさが、疎ましいから。

(ユキ、ヲ、ヨミ)

コゴエヲ、ノゾミ、——、

北へ海を渡りました。

(華奢な君のほそい淋しさと共に、)

雪上の血痕をたどり、わだちをたどり、

(エキ、ヲ、ヨミ、)

凍結した駅のホーム、無常のきらめき、

(エキ、ヲ、ヨミ、)

降雪の海の、岸辺の鉄路に、人のすくない車輌が舟のように揺れ、

河口、錆びたコンテナ、茫然と集中してゆく、

その夜、あなたとわたしは宿で、うごかない互いの手をとり、たよりをしたためました、

足あとしかない道を辿り、
ふえてゆく、足あとの。

いちめんの雪原の。かたぶき、

鉄路のように、渚に轢かれた、
わだちは。哭いていました、

「迫る新たな巡礼です」

（古い、）橋頭堡の跡地に、

（ユキ、ヲ、ヨミ、）

蒼空が終りかけて、赫いかげりに。

（出逢った日、荒れたまなざしに薄く籠る光を）

おもいだしかけていた。よろめいて、

「さしだされた掌を」
払うようににぎり、

今は、これくらいしかしてやれないけれど、

（ひた落つる、別の世から。
ひとひらの。雪の痕をおい、）

いつまでも。

許容できない、
光景、出来事、（あの日）、――、
おもいだしかけていた。

いのちに飢えた（飛翔は、）雪降りすさぶ天空を撓み、
「密やかに護られていたんだ」

（誰として、）あなたがかえってきてくれることを昨日の便りでしってからは、

つららの真下で、

（突き刺さるために）
それを見あげた。

（わたくしたちの、くし刺し、）

「拡散した
　ヘヴン」

日没、欄干につもった雪を肘で払い、
身をのりだして。

雪が霙にかわってゆく。その機わたしたちは、
ぐちゃぐちゃに。雪諸共に。

枯草をおおう、繃帯のような、薄どけの雪河原に、(傷の奥へ、)むかい、

(全域に舞う遺灰を息して)喰う。

讃えることはない。
讃えることはなく、

「傷つきやすい」

君はすでに、恩寵に擂りつぶされた身寄り、
（真白に、…）灼け爛れた砂礫として。
君を敷いた。

「どんなに掌を合わせても、
　叶わない願いばかりだった」
身を焦がし、摑み。
君を敷いた。

いない手の。わたくしの手で、
（薄日のあたるアスファルトをさすり、
　告げる聲をうしなうまで、）

積むための石はなく、
道となるよう。
君を敷いた。

（全域に舞う遺灰を息して）喰う。

「拡散した
　シヴン」

封鎖された橋から、身晒し、――。

八月は、
（緒を結った）
真夏の石を摘まみ。

繋がりが、幾度の、
ただ、産出された舌を垂らし、…、

一月は、
（緒を切った）
石を摘まみ。川へ落としました、――、
見すかされるために。
澪が、
疼き、
（世の真底から、未然の殺生の光が噴き、）
おそめかしく、
群れが立つ。
「髪切りの仕度です」

（女子高生がふたり乗り、坂道のバス停をすぎた、——。）

（これからも、）これからのあなたを（あなたと、）眺めていたい、

「道理をそれ、」

漂いつく、夕刻の河川敷の。
京王線、鉄橋の暗がりで、

ふたり、茎が折れた向日葵のよう。ささげ、供え、

魂をおくる儀式みたく、無心に。縋るあてなく、

傷ついた額をかさね、掌のようにすりあわせました、——、

「おれには、君しかいない、あんたの悲しみしか信じない」

断言に比し、掌をにぎる
つよさがあるとすれば。

それだけが、
おれの全部だと、
おれたちのほんとうだと。
信じた気にでもなっていた、ここまでだ。

昨日、オ手紙ヲ受ケトリマシタ、イツイライダッタデショウカ、
オリタタマレタカミヲヒラキ、アナタノタヨリヲヨミ、ソシテ、
アナタガドノヨウナココロガマエデ、コノヴンヲシルシタノカ、
胸ヲシメツケラレルオモイヲ、アナタノ字ガ鎮メテクレルヨウデ、
コノカナシミニカケテ、フタタビアナタニフレルキセキヲシンジマシタ、
ワタシタチガ出逢イ、トモニ生キタ日カラ離レルマデノカギリニ、
終リナドナイノデスカラ、ワタクシドモノ安息ヲ願イ手紙ノ最後ニシルサレタ、
別レノ空白ノ先ニモ、オタガイノヴンハ尽キルコトナク書カレツギマス、

（雪の日には、ふたりが揃うだけで、
ひらく、封の口、——、）

渦が射し、

ワレワレハ、
這イ、
曳キ、
這イ、
地上ニ、
襲ナリユク。
終ニ、
授リシ、
コノ身ガ、
渚トナランガタメニ

「あなたのことをかなしまないための」

春の蜻蛉に、つぎの季のかげしるし、
道を終えることの道をまっすぐに巡り。

残されたときをいかに、——。
経ることの術をもとめる聲が尾ひれのように、空を搏つ、

（こちらに、おいでねえ、）

岬から寄せゆく坂路の。照らす今はかぎりの日の身を坐し、手招く、
白き草庭の端の靡き、むかしの人の近く。波うつ垣の書置きの脚結い。

わたくしどもをよびとめたまなざしが（薄い日射しの裏から、）島の秘された口ひらく、
帰りの心をたたみ、（たかさのない、靡きの群れだった、）草かげに仕舞うのです、

（仰ぐ波のうえで、待つ人がいました）

あなたのおもかげをつたえるには、
よみがえるかなしみを子のようにあやし、

残されたときをいかに、——。
離れながらに出逢ゆく術をもとめ、生きることの。暮れた海にしずみます、

（つぎは誰が、帰ってきてくれるのか、報せの奥には、）

手拭で髪を縛り、
月明りの波の輝きの羽根を海底にたたみ、
ふたりは最後まで。鴛《オシドリ》のように人の日をこしらえました、
枯れ葉のような舟を出し。あなたを波のうえにおいて、ひとり。

宵の海にもぐり。水の宙の波にやわらくねじる躰の水路のふくらみ、
ぬれた紙をやぶくように、ひと掻きひと掻きのゆびに。こうして今も、
まとわりゆく、あなた諸共の海の。ふかさとひろがりの寄せに、わすれがたみ、
わたしは、二度とかわかぬ地上に。その掌を羽風のようにふり、
ひとときの人を願う、

（わたくしにはこの路地が、海宙の光景にうつります、）

海底に幾千の杭を打ちこみ、水の畑を閾に。血の瞳をはぐくみ、歳月の粮をえる、
「みじんの酒も博打もやりませんでした」

生きるということ、生きているということを忘れていたのかもしれません、
ふたりの海はかなしみを赦してくれますか、

(わたくしは、見ていますから、)
(わたくしは、見られていますから)

あなたは、闇空をつらぬく夕日のように海原に立っていた、

天の波に。古い舟の腹を仰ぐ、
朧に輝く、わたくしを待つ人のすがたが、乳児のような光にとかされゆき、
歳月を渦まいて。世を揺すり、わたくしを呼ぶのです、

かなしみとともに暮らすには、日が浅く。
息を継ぐ、離別の岬から。日の浅さを、
白き草庭の端の路に敷きました、

「いつまでもあの人を、すきでいます、…、」
あなたのおもかげは、手紙が覚えていてくれるから、
(したためた手紙は、終わりなく届くのです、)
双の掌で蝶を真似、日にひらきます、

(ようやくはたされたこの約束は、幾千の世のはての、)
稠密の人を播り、星座のごとく。
真夏の浜土の薫りの。
ぬれた切手を頬にはり、日焼けしたほほえみの。
濁水の理に。吻をひたし、黙したままに。文を啜り曳く、

「あなたをかなしませないための」

雪を払おうともせずに、
封を切り。息を挿します、
宛名の、わたくしどもは。
「一緒に。生きのびる落手のゆびのいたいけに、」
渚にそよぎ花の浮橋、（印を捺すように、）踏みしめながら、
（会釈をします、）
浜街道のかすみ、碇泊していた十余艘の木舟は、
（幼子が水に掌をひらき、）やわらかな首途でした
宵海へ流れこんでゆく、おもいのしたたり、
舟路は月の。僅かなきらめきを乱し、
（涯をおそれる心をときます、）

窟にしたたる雪どけ水の。くゆらす字くずれ、
わたくしどもは、別なる理の、産兆に、紙の端の罅ふやけ、

わたくしのかわりに。赫裸々の
「あまりにもはかない、…、」
この文めんを乗せたげてください。どうか、――、

（舌さきに切手をのせてほほえみ、）

「見あげた」

世空に、払われかけたままのぼくらは。

（汐風に舞う紙切れのように、）

かけ離れた、――、

ふたり、（ふたつ以上の、）砂浜をあゆみ、
（ただひとつ、朧の）月明りを背に。

今宵、宿駅にはいたらず、

（わたくしどもは、脚を櫂のように、…、）
渚に沿う鉄路をはしりゆく。

（最終の列車の巡光の。車輪の音が潮騒にしずみます）

「瞳を瞑ってください」

（搏たれた雪の日に、）
互いへしたためた、
手紙のように、身を寄せるのです、

「まち焦がれてたよ、ずいぶん」

わたしたちは。
再び、
出逢いなおせるだろう、――。

（遠まきに、）

テガミヲヨミガ
チギリノシルシ
フリシキルマニ
シヴンヲユキテ

覚書

本詩集はひとつの長篇詩として書き継がれた。ただ、一冊を一篇の詩としてまとめるという企図において、詩の行や連が、詩集全体をとおして連続するものとして構成されてはいない。詩は、そのようにひらかれることはなかった。本書に巡らされるおおくの離散、別離、もしくは断絶は、この詩集における詩文そのものの実景、経験にほかならない。それでも。

届くか届かないのかという結果にしいられることなく、ある宛先にむけて記されることばがある。おそるおそる筆をとり、はかりがたい距離の宛先へ手紙を書くようにことばをつむぐ。たとえ傍にあろうとも。受けとることのかなわない手紙を受けとるように、読むことのかなわない文めんを読むようにことばを記す。あなたへ。あなたの暮らす地へ。報せたい光景があります。伝えたいおもいがあります。受けとりたいことばがあります。

どれほど遠くとも宛先はいつも固有だった。あなたも、わたしも。固有の時代と場を生きた幾多の固有の身心が、たとえひとときでも邂逅することでうまれる出来事があり、出来事はその固有ゆえに決定的な断絶が経験された。たとえば本詩集のひとつの重力である一九九〇年代の終わりから二〇一〇年の前後、本書を結ぶ二〇一八年のという現在へ、この断絶の露出と瓦解に打ち拉がれるような歳月を経た。この経験に書記そのものが晒されることは、わたしにとり詩の原理にかかわるものだった。わたしは都度、茫然と川辺や海を臨む岬の突端に立ち尽くしていた。そして、懐古でも展望でもなく今此処において、離散したあらゆる歳月や出来事は、ひとつひとつが宛先となり、詩語の放たれる方位は乱反射し渦まいてゆく。

手紙を託すように詩を書くという本書の実作は、決定的な断絶を渡す交通を使命としたのではない。埋めることなどできない離別をおもいしらされながら、それでも遙かな宛先へむけられるまなざしに籠もる抒情を詩文の基底とすることを意志した。その痛切も断絶も、詩に護られねばならないとおもった。したためた手紙、受けとった手紙の薄さを折りたたみ、そのかさなりをたばねるように本書は長篇たりえている。

ゆきはての月日《つきひ》をわかつ伝書臨《でんしょりん》
発行日＝二〇一八年八月一〇日
著者＝菊井崇史　装幀・写真＝著者　発行者＝春日洋一郎
発行所＝書肆 子午線　〒三六〇－〇八一五 埼玉県熊谷市本石二－一九七（本社）
〒一六二－〇〇五五 東京都新宿区余丁町八－二七－四〇四（編集室）
電話 〇四八－五七七－三一二八　FAX 〇三－六六八四－四〇四〇
メール info@shoshi-shigosen.co.jp
印刷・製本＝渋谷文泉閣

ISBN978－4－908568－15－2　C0092